btb
Aus Freude am Lesen

btb

Buch

»Die Leute fragen: Wie bist du da reingekommen? Was sie eigentlich wissen wollen, ist, ob sie möglicherweise auch da drin landen werden. Die eigentliche Frage kann ich nicht beantworten. Ich kann nur sagen: Es ist leicht.«

Nach einem Besuch bei einem Arzt, den sie nie vorher gesehen hat, wird die 18jährige Susanna Kaysen in das McLean-Krankenhaus eingeliefert: Der Arzt hatte bei ihr eine »Borderline-Persönlichkeitsstörung« diagnostiziert, ein Krankheitsbild, das durch starke Gefühlsschwankungen und völlige Hilflosigkeit geprägt ist. Fast zwei Jahre verbringt sie in der berühmten psychiatrischen Klinik, in der auch Sylvia Plath und Anne Sexton, James Taylor und Ray Charles behandelt wurden.

In kurzen, eindrucksvollen Passagen und mit viel schwarzem Humor beschreibt Susanna Kaysen die unmenschliche Routine in der Psychiatrie: die medikamentöse Ruhigstellung, die demütigende Behandlung als stumpfsinniger Psychopath; die eigene Hilflosigkeit und Verzweiflung, die sie immer dann ergreifen, wenn sich dunkles Durcheinander in ihrem Kopf ausbreitet, wenn Wörter und Bilder in rasender Hast aufsteigen und über ihr zusammenschlagen. Ein Alptraum, in dem die Grenzen zwischen »normal« und »verrückt« neu definiert werden und das Leben zu einem bloßen Balanceakt wird.

Autorin

Susanna Kaysen, 47, lebt in Cambridge, Massachusetts. Sie hat bereits zwei Romane veröffentlicht. Den Durchbruch in Amerika schaffte sie mit »Seelensprung«.

Susanna Kaysen

# Seelensprung

## Ein Leben in zwei Welten

*Ins Deutsche übertragen von Sabine Schulte*

btb

Die amerikanische Originalausgabe erschien 1993
unter dem Titel »Girl, Interrupted« bei Turtle Bay Books.
A Division of Random House, New York.



btb Taschenbücher erscheinen im Goldmann Verlag,
einem Unternehmen der Verlagsgruppe Bertelsmann.

1. Auflage
Genehmigte Taschenbuchausgabe Mai 1996

Umschlaggestaltung: Design Team München
Satz: IBV Satz- und Datentechnik GmbH, Berlin
T.T. · Herstellung: Ludwig Weidenbeck
Made in Germany
ISBN 3-442-72006-0

FÜR INGRID UND SANFORD

Dieses Buch ist zwar kein Roman, trotzdem wurden einige Namen und typische Eigenschaften von Patienten, Ärzten und Krankenhauspersonal geändert.

# ANSATZ ZU EINER TOPOGRAPHIE DER PARALLELEN WELT

Die Leute fragen: Wie bist du da reingekommen? Was sie eigentlich wissen wollen, ist, ob sie möglicherweise auch da drin landen werden. Die eigentliche Frage kann ich nicht beantworten. Ich kann nur sagen: Es ist leicht.

Und es ist ebenso leicht, in eine parallele Welt hineinzugleiten. Es gibt so viele davon: die Welten der Geisteskranken, der Kriminellen, der Verkrüppelten, der Sterbenden, vielleicht auch der Toten. Jene Welten existieren neben dieser Welt und sind ihr ähnlich, sind aber nicht in ihr.

Meine Zimmergenossin Georgina kam rasch und mit einem Mal hinein, während ihres vorletzten Studienjahres in Vassar. Sie war gerade im Kino und sah sich einen Film an, als eine Flutwelle von Schwärze über ihrem Kopf zusammenschlug. Die ganze Welt war ausgelöscht – ein paar Minuten lang. Sie wußte, daß sie verrückt geworden war. Sie blickte sich im Kino um, um zu sehen, ob es allen so ergangen war, aber die anderen Zuschauer waren ganz in den Film versunken.

Sie stürzte hinaus, weil die Dunkelheit im Kino in Verbindung mit der Dunkelheit in ihrem Kopf zuviel war.

»Und danach?« fragte ich sie.

»Ganz viel Dunkelheit«, sagte sie.

Aber die meisten gehen Schritt für Schritt hinüber, indem sie eine Reihe von Perforationen in der Membran zwischen hier und dort vornehmen, bis eine Öffnung entstanden ist. Und wer kann einer Öffnung widerstehen?

In der parallelen Welt sind die physikalischen Gesetze außer Kraft gesetzt. Was aufsteigt, muß nicht unbedingt wieder herunterkommen; ein Körper in Ruhestellung hat nicht die Tendenz, in Ruhestellung zu bleiben; und man kann nicht davon ausgehen, daß jede Handlung eine gleichwertige entgegengesetzte Reaktion hervorruft. Auch die Zeit ist anders. Sie kann im Kreis laufen, rückwärts fließen und von jetzt auf später springen. Die Anordnung der Moleküle an sich ist fließend: Tische können Uhren sein, Gesichter Blumen.

Das allerdings sind Fakten, die man später herausfindet.

Ein weiteres merkwürdiges Kennzeichen der parallelen Welt ist, daß sie zwar von dieser Seite aus unsichtbar ist, daß man aber, wenn man einmal drinnen ist, die Welt, aus der man gekommen ist, mühelos sehen kann. Manchmal sieht die Welt, aus der man gekommen ist, riesengroß und bedrohlich aus und zittert wie ein ungeheurer Haufen Wackelpudding; zu anderen Zeiten wirkt sie verkleinert und verführerisch und dreht sich glänzend auf ihrer Umlaufbahn. In jedem Fall kann man sie nicht ignorieren.

Jedes Fenster auf Alcatraz hat Ausblick auf San Francisco.

*Auf dem nebenstehenden Krankenblatt sind Susanna Kaysens persönliche Daten und die Adressen von Eltern und Freunden eingetragen. Unter Punkt 30, »Diagnostischer Eindruck bei der Aufnahme«, ist angegeben: 1. depressiv-neurotische Reaktion; 2. Persönlichkeitsstörung, gemischter Typ. D/D [Differentialdiagnose] Undifferenzierte Schizophrenie. Unter 32A findet sich die Diagnose Borderline- Persönlichkeitsstörung, und unter Punkt 35, »Frühere Krankenhausaufenthalte«, ist angegeben, daß sie bereits einmal im Mt. Auburn Hospital war und ihr dort der Magen ausgepumpt wurde.*

D.M.H. FORM A-1, JAN., 1955

# CASE RECORD FOLDER

1. INSTITUTION
McLean Hospital

2. LAST NAME / FIRST NAME / MIDDLE INITIAL
KAYSEN Susanna N.

3. REGISTER NUMBER

4. LEGAL STATUS AT ADMISSION
Voluntary

5. LOCATION FROM WHICH ADMITTED
64 Wendell Street, Cambridge, Mass.

6. DATE ADMITTED
April 27, 1967

7A. ESTABLISHED LEGAL STATUS / B. DATE

8. RECENT ADDRESS
same

9. SEX
F.

10. COLOR
W.

11. ALIEN REG. NO.

12. TIME AT USUAL ADDRESS
Since 9/66

13. USUAL ADDRESS
[redacted] Lane, Princeton, N. J.

14. RELIGION
Jewish

15. MARITAL ST
Single

16A. PORT OF ENTRY, IF FOREIGN BORN / B. DATE

17A. CITY OR TOWN OF BIRTH
Boston

B. STATE OR COUNTRY OF BIRTH
Mass.

18. BIRTH DATE
18 yrs.
Nov. 11, 1948

19A. IF NATURALIZED, PLACE / B. DATE

20A. FATHER'S NAME
Carl Kaysen

B. FATHER'S BIRTH PLACE
Philadelphia, Pa.

21. U.S. MILITARY SERVICE

22. EDUCATION
High School Graduate

23A. MOTHER'S MAIDEN NAME
Annette Neutra

B. MOTHER'S BIRTH PLACE
Philadelphia, Pa.

24. SOCIAL SECURITY NO.
Unknown

25. USUAL OCCUPATION OF PATIENT
None

26A. PERSON TO NOTIFY IN EMERGENCY
Mr. & Mrs. Carl Kaysen

B. RELATIONSHIP
Parents

C. ADDRESS
[redacted] Lane, Princeton, N. J.

D. TELEPHONE
-AC609-

Bus: Princeton Inst. for Adv. Studies (Director) AC609-

27. USUAL OCCUPATION OF FATHER (PATIENT A MINOR)

28. USUAL OCCUPATION OF MOTHER (PATIENT A MINOR)

29A. PERSON TO NOTIFY IN EMERGENCY
Dr. & Mrs. Sanford Gifford

B. RELATIONSHIP
Friends

C. ADDRESS
[redacted]
Cambridge, Mass.

D. TELEPHONE
Un-[redacted]

30. DIAGNOSTIC IMPRESSION AT ADMISSION
1. Psychoneurotic depressive reaction.
2. Personality pattern disturbance, mixed type.
R/O Undifferentiated Schizophrenia.

31A. PERSON TO NOTIFY IN EMERGENCY

B. RELATIONSHIP

C. ADDRESS

D. TELEPHONE

32A. ESTABLISHED DIAGNOSIS, MENTAL DISORDER
Borderline Personality

B. QUALIFYING PHRASE

33. ESTABLISHED DIAGNOSES, OTHER CONDITIONS

34. HISTORY OF TIME ON BOOKS OF INSTITUTIONS CARING FOR MENTAL DISORDER

| A. NAME OF INSTITUTION | B. LOCATION | C. MONTH | D. YEAR | TO | E. MONTH | F. YEAR |
|---|---|---|---|---|---|---|
| None | | | | | | |

35. HISTORY OF OTHER HOSPITALIZATION

| A. NAME OF HOSPITAL | B. LOCATION | C. YEAR | D. REASON |
|---|---|---|---|
| Mt. Auburn Hospital | Cambridge, Mass. | 1965 | (Stomach pumped) |

# DAS TAXI

»Sie haben einen Pickel«, sagte der Arzt.

Ich hatte gehofft, daß niemand ihn bemerken würde.

»Sie haben daran herumgepult«, fuhr er fort.

Als ich an dem Morgen aufgewacht war – früh, um zu diesem Termin zu kommen –, hatte der Pickel das Stadium gespannter Erwartung erreicht, in dem er danach schreit, ausgequetscht zu werden. Er sehnte sich nach Erlösung. Während ich ihn von seiner kleinen weißen Kuppel befreit und gedrückt hatte, bis das Blut floß, hatte ich das Gefühl gehabt, etwas zu vollbringen: Ich hatte für diesen Pickel alles getan, was man tun konnte. »Sie haben an sich herumgepult«, sagte der Arzt.

Ich nickte. Er würde so lange darüber reden, bis ich ihm zustimmte, also nickte ich.

»Haben Sie einen Freund?« fragte er.

Auch dazu nickte ich.

»Schwierigkeiten mit dem Freund?« Das war eigentlich keine Frage; er nickte bereits für mich. »An sich herumgepult«, wiederholte er. Er schoß hinter seinem

Schreibtisch hervor und stürzte auf mich zu, ein feister Mann, dunkel und mit einem strammen Bauch.

»Sie brauchen Erholung«, verkündete er.

Ich brauchte wirklich Erholung, vor allem, weil ich so früh aufgestanden war, um zu diesem Arzt zu kommen, der draußen in der Vorstadt wohnte. Ich war zweimal umgestiegen. Und ich würde denselben Weg zurückfahren müssen, um zur Arbeit zu kommen. Der bloße Gedanke daran machte mich müde.

»Finden Sie nicht?«

Er stand immer noch vor mir. »Finden Sie nicht auch, daß Sie Erholung brauchen?«

»Doch«, sagte ich.

Er ging mit großen Schritten ins Nebenzimmer, wo ich ihn telefonieren hören konnte.

An die nächsten zehn Minuten – meine letzten zehn Minuten – habe ich oft gedacht. Einmal hatte ich den Impuls, aufzustehen und durch die Tür, durch die ich hereingekommen war, zu verschwinden, die paar Blocks bis zur Straßenbahnhaltestelle zu gehen und auf die Bahn zu warten, die mich zu meinem schwierigen Freund und meinem Job im Haushaltswarenladen zurückbringen würde. Aber ich war zu müde.

Er kam ins Zimmer zurückstolziert, geschäftig und selbstzufrieden.

»Ich habe ein Bett für Sie«, sagte er. »Zur Erholung. Nur für ein paar Wochen, okay?« Er klang beschwichtigend oder flehend, und ich hatte Angst.

»Ich geh' am Freitag«, sagte ich. Es war Dienstag; vielleicht würde ich Freitag nicht mehr gehen wollen.

Er hielt mit seinem Bauch auf mich zu. »Nein. Sie gehen jetzt.«

Ich fand das unvernünftig. »Ich bin zum Mittagessen verabredet«, sagte ich.

»Vergessen Sie das«, sagte er. »Sie gehen nicht Mittag essen. Sie gehen ins Krankenhaus.« Er sah triumphierend aus.

Es war sehr still in der Vorstadt draußen, morgens vor acht. Und keiner von uns beiden hatte mehr etwas zu sagen. Ich hörte, wie das Taxi in der Auffahrt des Arztes hielt.

Er nahm mich am Ellbogen – klemmte mich zwischen seinen großen, kräftigen Fingern ein – und steuerte mich nach draußen. Ohne meinen Arm loszulassen, öffnete er die hintere Tür des Taxis und schob mich auf den Rücksitz. Sein großer Kopf war einen Augenblick lang hinten bei mir im Wagen. Dann schlug er die Tür zu.

Der Fahrer kurbelte sein Fenster halb herunter. »Wohin?«

Ohne Mantel in der kühlen Morgenluft, auf seinen stämmigen Beinen in der Auffahrt aufgepflanzt, hob der Arzt einen Arm und wies auf mich.

»Bringen Sie sie ins McLean«, sagte er, »und lassen Sie sie erst raus, wenn Sie da sind.«

Ich ließ den Kopf gegen die Lehne zurückfallen und schloß die Augen. Ich war froh, daß ich Taxi fuhr und nicht auf die Straßenbahn zu warten brauchte.

## ÄTIOLOGIE

Dieser Mensch ist (eins aussuchen):

1. auf einer gefahrvollen Reise, von der wir viel lernen können, wenn er oder sie zurückkehrt;
2. besessen von (eins aussuchen):
   a) den Göttern
   b) Gott (das heißt, einem Propheten)
   c) irgendwelchen bösen Geistern, Dämonen oder Teufeln
   d) dem Teufel;
3. eine Hexe;
4. verhext (Variante zu 2);
5. schlecht und muß isoliert und bestraft werden;
6. krank und muß isoliert und behandelt werden mit (eins aussuchen):
   a) Darmreinigung und Blutegeln
   b) Entfernung des Uterus, falls der Mensch einen hat
   c) Elektroschock im Gehirn
   d) kalten Laken, die fest um den Körper gewikkelt werden

e) Thorazine oder Stelazine;

7. krank und muß die nächsten sieben Jahre lang darüber sprechen;
8. ein Opfer der geringen Toleranz der Gesellschaft abweichendem Verhalten gegenüber;
9. geistig gesund in einer geisteskranken Welt;
10. auf einer gefahrvollen Reise, von der er oder sie vielleicht nie zurückkehrt.

*In der nebenstehenden »Befragung bei der Aufnahme« werden die Adressen Susanna Kaysens, ihrer Eltern und Freunde sowie der Arbeitsplatz ihres Vaters und die Möglichkeit der Finanzierung ihres Aufenthalts angegeben. Im Kasten »Grund für die Überweisung« heißt es u. a.: tiefe Depression – selbstmordgefährdet; zunehmende Strukturlosigkeit im Leben, promiskuitiv, könnte sich umbringen oder schwanger werden; Therapie:*
*3 Jahre – sie will nicht zurück; Tochter – lief vor 4 Monaten von zu Hause fort. Wohnt derzeit in einer Pension in Cambridge – Verzweifelt –*

McLean Hospital: **INQUIRY CONCERNING ADMISSION**

Date: 4/27/67

Info obtained by: MA

**PATIENT:**

Name: Susanna Kaysen

Address: 64 Wendell St Camb

Tel:

Age: 18 Marital status: ____ Number of children: ____

**REFERRING PERSON:**

Name: Dr. [redacted]

Address:

Tel: [redacted]

Relationship (if physician, give specialty and will he follow? psych MD

(NOTE: If relative called, give here name & address of physician to contact; or if physician called, give here name & address of relative or friend to contact:)

Name: Mr. Carl Kaysen Institute for Advanced Stu[dy]

Address [redacted] Lane Princeton 609 921- [redacted]

Tel:

Relationship: fa 609 921-

**DISCUSSION OF FINANCES** (including rate):

enough for a yr no. ins.
50,000 income
assets 60-70,000

Dr. & Mrs Sa[illegible]
Hillside Pl. Camb
UN4-[redacted]

**IF PT IS TO BE ADMITTED:** Expected arrival time: ____; mode of arrival: ____
will be accompanied by: alone ward: SB II leg. status: vol
case assigned to: [redacted]

**REASON FOR REFERRAL:** Needed McLean for 3 yrs
Profoundly depressed - suicidal
increasing patternless of life, promiscuous
might kill self or get pregnant
former ther. 3 yrs [redacted] - she doesn't want to return
Daughter
Ran away from him 4 mos ago. Living in boarding house in Camb -
Desperate -

**PREVIOUS PSYCHIATRIC TREATMENT:** Where: ____
Type: Eval ( ) Therapy ( ) Other (what) ____ when: ____ by whom: ____

**PHYSICAL HANDICAPS:** ____ **ALLERGIES:** ____ **SUICIDAL** (✓) **ASSAULTIVE** ( ) **ESCAPE** ( )

**IF FOLLOW-UP NEEDED:** (give summary here; details on separate sheet; sign your name)

**IF PATIENT NOT ADMITTED:** (give summary of reasons; sign your name)

Revised - 1/28/64 F-46

*Der nebenstehende Bericht für das Archiv wurde am 15. Juni 1967 vom einweisenden Arzt verfaßt:*

*Susanna Kaysen wurde am 27. April 1967 von mir untersucht. Aufgrund meiner Beurteilung, die sich auf eine Beobachtung von drei Stunden stützt, überwies ich sie zur stationären Aufnahme ins McLean Hospital.*
*Meine Entscheidung gründete sich auf:*

1. *Das gegenwärtig chaotische, planlose Leben der Patientin mit progressiver Dekompensation und Umkehrung des Schlafrhythmus.*
2. *Schwere Depression und Hoffnungslosigkeit und Selbstmordgedanken.*
3. *Selbstmordversuche in der Vergangenheit.*
4. *Zur Zeit weder Therapie noch Plan. Versenkung in Phantasien, zunehmender Rückzug und Isolation.*

*Die Patientin ist bei Dr. xxxxxxxx in psychotherapeutischer Behandlung gewesen. Sie hat bei mir zu keinem Zeitpunkt eine Therapie gemacht, und sie wußte, daß ich kein potentieller Therapeut war.*

McLean Hospital F 49

INTER OFFICE MEMORANDUM

TO ~~Record Room~~
Dr. [redacted]

Date June 15, 1967

FROM Dr. [redacted]

SUBJECT Susanna Kaysen

Susanna Kaysen was seen by me on April 27, 1967; following my evaluation which extended over three hours, I referred her to McLean Hospital for admission.

My decision was based on:

1. The chaotic unplanned life of the patient at present with progressive decompensation and reversal of sleep cycle.

2. Severe depression and hopelessness and suicidal ideas.

3. History of suicidal attempts.

4. No therapy and no plan at present. Immersion in fantasy, progressive withdrawal and isolation.

The patient had been seen in psychotherapy by Dr. [redacted]. At no time did I have her ih therapy, and the patient knew that I was not a potential therapist.

lsk

# FEUER

Eine von uns hatte sich in Brand gesteckt. Sie hatte Benzin genommen. Zu dem Zeitpunkt war sie zum Autofahren noch zu jung gewesen. Ich fragte mich, wo sie es hergehabt hatte. War sie zur Tankstelle um die Ecke gegangen und hatte erzählt, der Wagen ihres Vaters hätte keinen Sprit mehr? Ich konnte sie nicht ansehen, ohne darüber nachzudenken.

Ich glaube, das Benzin hatte sich über ihren Schlüsselbeinen angesammelt und dort neben ihren Schultern kleine Lachen gebildet, denn ihr Hals und ihre Wangen waren am stärksten vernarbt. Die Narben bildeten dicke Grate, abwechselnd leuchtend rosa und weiß, die sich in Streifen von ihrem Hals aufwärts zogen. Sie waren so fest und breit, daß sie den Kopf nicht drehen konnte, sondern sich mit dem ganzen Oberkörper umwenden mußte, wenn sie jemanden sehen wollte, der neben ihr stand.

Narbengewebe ist ausdruckslos. Es ist nicht wie Haut. Man sieht ihm weder Alter noch Krankheit an, weder Blässe noch Bräune. Es hat keine Poren, keine

Haare, keine Runzeln. Es ist wie ein Schonbezug. Es schützt und tarnt, was darunter ist. Deswegen lassen wir es uns wachsen; wir haben etwas zu verbergen.

Sie hieß Polly. In den Tagen – oder Monaten –, als sie plante, sich anzuzünden, mußte dieser Name ihr lächerlich vorgekommen sein, aber in ihrer Existenz als Überlebende mit Schonbezug paßte er gut zu ihr. Sie war nie unglücklich. Sie war freundlich und tröstete die, die unglücklich waren. Sie klagte nie. Sie hatte immer Zeit, die Klagen anderer anzuhören. In ihrem undurchlässigen, rosaweißen Gehäuse war sie fehlerlos. Was immer sie dazu gebracht hatte, was immer ihr »Stirb!« ins einst vollkommene und jetzt vernarbte Ohr geflüstert hatte, sie hatte es geopfert. Warum hatte sie es getan? Niemand wußte es. Niemand wagte zu fragen. Denn – welcher Mut! Wer hatte schon den Mut, sich selbst zu verbrennen? Zwanzig Aspirin, ein kleiner Schlitz an den Armvenen entlang, vielleicht sogar eine üble halbe Stunde auf einem Dach: So was hatten wir alle gemacht. Und etwas gefährlichere Sachen auch, zum Beispiel, sich eine Pistole in den Mund stekken. Aber man steckt sie rein, man schmeckt sie, sie ist kalt und schmierig, der Finger liegt am Abzug, und man merkt, daß zwischen diesem Augenblick und dem Augenblick, den man geplant hatte, in dem man den Abzug ziehen wollte, eine ganze Welt liegt. Diese Welt besiegt einen. Man legt die Pistole wieder in die Schublade. Man wird einen anderen Weg finden müssen.

Wie war dieser Augenblick für sie? Der Augenblick, als sie das Streichholz anzündete. Hatte sie es mit Dächern, Pistolen und Aspirin schon probiert? Oder war es einfach eine Eingebung?

Ich hatte einmal eine Eingebung. Eines Morgens bin ich aufgewacht und habe gewußt, daß ich an diesem Tag fünfzig Aspirin schlucken mußte. Es war meine Pflicht, meine Aufgabe für den Tag. Ich habe die Tabletten auf meinem Schreibtisch aufgereiht und eine nach der anderen genommen, dabei habe ich gezählt. Aber das ist nicht dasselbe wie das, was sie getan hat. Ich hätte aufhören können, bei zehn oder bei dreißig. Und ich hätte das tun können, was ich dann auch tatsächlich getan habe, nämlich auf die Straße gehen und in Ohnmacht fallen. Fünfzig Aspirin sind eine Menge Aspirin, aber auf die Straße zu gehen und in Ohnmacht zu fallen ist so, als würde man die Pistole wieder in die Schublade legen.

Sie hat das Streichholz angezündet.

Wo? Zu Hause in der Garage, wo sie nichts anderes in Brand setzen würde? Draußen auf einem Feld? In der Sporthalle der High-School? In einem leeren Schwimmbecken?

Jemand hat sie gefunden, aber erst nach einer Weile. Wer würde so einen Menschen küssen, einen Menschen ohne Haut?

Polly war schon achtzehn, als ihr dieser Gedanke kam. Sie war ein Jahr lang bei uns gewesen. Andere tobten und schrien und zuckten und weinten. Polly sah zu und lächelte. Sie saß bei denen, die Angst hatten, und ihre Gegenwart beruhigte sie. Ihr Lächeln war nicht gemein, es war verständnisvoll. Das Leben war die Hölle, sie wußte das. Aber, deutete ihr Lächeln an, sie hatte das alles aus sich herausgebrannt. Ihr Lächeln war ein kleines bißchen überlegen: Wir würden nicht den Mut aufbringen, es aus uns herauszubrennen – aber auch das verstand sie. Jeder war anders. Man tat eben, was man konnte.

Eines Morgens weinte jemand, aber morgens war es oft laut: Streitereien um rechtzeitiges Aufstehen und Klagen über Alpträume. Polly war so still, ihre Gegenwart so unaufdringlich, daß uns ihr Fehlen beim Frühstück nicht auffiel. Nach dem Frühstück hörten wir immer noch Weinen.

»Wer weint da?«

Niemand wußte es.

Und beim Mittagessen weinte es immer noch.

»Das ist Polly«, sagte Lisa, die alles wußte.

»Warum?« Aber selbst Lisa wußte nicht, warum.

In der Dämmerung wurde das Weinen zum Schreien. Die Dämmerung ist eine gefährliche Zeit. Zuerst schrie Polly »Aaaaaah!« und »Iiiiiih!« Dann fing sie an, Wörter zu schreien.

»Mein Gesicht! Mein Gesicht! *Mein Gesicht!*«

Wir konnten hören, wie andere Stimmen sie zu beruhigen versuchten und tröstende Worte murmelten, aber sie schrie ihre beiden Wörter bis spät in die Nacht hinein.

Und dann erkannten wir wohl alle, was für Idioten wir gewesen waren.

Wir würden vielleicht irgendwann rauskommen, aber sie war für immer in ihrem Körper eingesperrt.

## FREIHEIT

Lisa war wieder mal abgehauen. Wir waren traurig, weil sie uns bei Laune hielt. Sie war komisch. Lisa! Ich muß immer lächeln, wenn ich an sie denke, selbst jetzt gerade.

Das schlimmste war, daß sie immer geschnappt und zurückgeschleift wurde, schmutzig, mit wilden Augen, die die Freiheit gesehen hatten. Sie verfluchte dann die, die sie eingefangen hatten, und selbst die abgebrühten alten Hasen mußten über die Schimpfwörter lachen, die sie erfand.

»Käsefotze!« Und ein anderer Lieblingsausdruck: »Du schizophrene Fledermaus!«

Normalerweise fanden sie Lisa innerhalb eines Tages. Zu Fuß und ohne Geld konnte sie nicht weit kommen. Aber diesmal schien sie Schwein gehabt zu haben. Am dritten Tag hörte ich, wie im Schwesternzimmer jemand am Telefon sagte: »Fahndung einleiten.«

Lisa würde nicht schwer zu identifizieren sein. Sie aß kaum, und sie schlief nie, daher war sie dünn und gelb, so wie man eben wird, wenn man nicht ißt, und sie hatte gewaltige Säcke unter den Augen. Sie hatte langes, dunkles, stumpfes Haar, das sie mit einer silbernen Spange zusammenhielt. Sie hatte die längsten Finger, die ich je gesehen habe.

Als sie Lisa diesmal zurückbrachten, waren sie beinahe so zornig wie Lisa selbst. Zwei große Männer hatten ihre Arme gepackt, und ein dritter Typ hatte sie an den Haaren und zog so fest, daß ihre Augen hervorquollen. Alle waren still, auch Lisa selbst. Sie wurde ans Ende des Ganges gebracht, ins Isolierzimmer, und wir sahen es mit an.

Wir sahen vieles mit an.

Wir sahen mit an, wie Cynthia einmal in der Woche weinend von den Elektroschocks zurückkam. Wir sahen mit an, wie Polly zitterte, wenn sie in eiskalte Laken eingepackt gewesen war. Eins der schlimmsten Ereignisse, die wir mit ansahen, war jedoch, wie Lisa zwei Tage später aus der Isolierung herauskam.

Zuerst einmal hatten sie ihr die Fingernägel bis aufs Fleisch abgeschnitten. Sie hatte schöne Nägel gehabt und daran gearbeitet, sie lackiert, geformt, poliert. Man hatte ihr gesagt, ihre Fingernägel seien »spitze Gegenstände«.

Und sie hatten ihr den Gürtel weggenommen. Lisa trug immer einen billigen, perlenbestickten Gürtel – die Art, wie Indianer sie in Reservaten machen. Er war grün mit roten Dreiecken und hatte ihrem Bruder Jonas gehört, dem einzigen in ihrer Familie, der noch Kontakt zu ihr hatte. Ihre Mutter und ihr Vater besuchten sie nicht, weil sie eine Soziopathin war, das sagte Lisa jedenfalls. Sie nahmen Lisa den Gürtel weg, damit sie sich nicht aufhängen konnte.

Sie verstanden nicht, daß Lisa sich niemals aufhängen würde.

Lisa wurde aus dem Isolierzimmer herausgelassen, bekam ihren Gürtel wieder, und ihre Nägel begannen wieder zu wachsen, aber sie kam nicht wieder. Sie saß einfach da und guckte mit denen von uns, die am schlimmsten dran waren, Fernsehen.

Lisa hatte nie Fernsehen geguckt. Sie hatte nichts als Verachtung für die übrig, die das taten. »Ist doch Scheiße!« brüllte sie, den Kopf in den Fernsehraum steckend. »Ihr seid wie Roboter. Davon geht's euch nur noch schlechter!« Manchmal schaltete sie den Fernseher aus, stellte sich davor und wartete, ob jemand es wagen würde, ihn wieder einzuschalten. Aber das Publikum bestand hauptsächlich aus Katatonikern und Depressiven, die sich nur ungern bewegten. Nach fünf Minuten – das war etwa so lange, wie sie stillstehen konnte – wandte Lisa sich dann einem anderen Projekt zu, und wenn die Schwester auf Kontrollrundgang kam, schaltete sie den Fernseher wieder ein.

Weil Lisa in den zwei Jahren, die sie bei uns war, nicht geschlafen hatte, hatten die Schwestern es aufgegeben, sie ins Bett zu schicken. Statt dessen hatte sie ihren eigenen Stuhl im Gang, genauso wie die Nachtschicht, und auf dem saß sie immer und bearbeitete ihre Fingernägel. Sie machte wunderbaren Kakao, und um drei Uhr morgens machte sie Kakao für die Nachtschicht und für alle anderen, die auf waren. Nachts war sie ruhiger.

Einmal fragte ich sie: »Lisa, wie kommt es, daß du nachts nicht rumrennst oder rumschreist?«

»Ich muß mich auch ausruhen«, sagte sie. »Daß ich nicht schlafe, heißt nicht, daß ich mich nicht ausruhe.«

Lisa wußte immer, was sie brauchte. Sie sagte etwa: »Ich brauche Ferien von diesem Ort«, und dann haute sie ab. Wenn sie zurückkam, fragten wir sie jedesmal, wie es da draußen war.

»Die Welt ist böse«, sagte sie dann. Normalerweise war sie heilfroh, daß sie wieder da war. »Da draußen kümmert sich niemand um dich.«

Jetzt sagte sie nichts. Sie verbrachte ihre gesamte Zeit im Fernsehraum. Sie guckte Gottesdienste und Testbilder und stundenlang späte Talkshows und Frühnachrichten. Ihr Stuhl im Gang war nicht besetzt, und niemand kriegte Kakao.

»Geben Sie Lisa irgendwas?« fragte ich die Schwester, die Kontrolle hatte.

»Du weißt doch, daß wir mit Patienten nicht über Medikamente reden dürfen.«

Ich fragte die Oberschwester. Ich kannte sie schon eine ganze Weile, schon aus der Zeit, bevor sie die Oberschwester gewesen war.

Aber sie tat so, als wäre sie schon immer die Oberschwester gewesen. »Wir dürfen nicht über die Medikamente sprechen – das weißt du doch.«

»Warum fragst du überhaupt?« sagte Georgina. »Sie ist total beduselt. Natürlich geben sie ihr irgendwas.«

Cynthia war anderer Meinung. »Sie geht noch normal«, sagte sie.

»Ich nicht«, sagte Polly. Das stimmte. Sie ging mit vor sich ausgestreckten Armen, ihre rotweißen Hände hingen von den Handgelenken herunter, und ihre Füße schlurften über den Boden. Die kalten Packungen hatten nicht gewirkt; sie schrie immer noch die ganze Nacht, bis sie ihr etwas gaben.

»Es hat etwas gedauert«, sagte ich. »Als sie damit angefangen haben, bist du noch normal gegangen.«

»Jetzt nicht mehr«, sagte Polly. Sie sah auf ihre Hände. Ich fragte Lisa, ob sie ihr etwas geben würden, aber sie guckte mich gar nicht an.

Und in dieser Weise verlebten wir alle ein paar Monate, Lisa und die Katatoniker im Fernsehraum, Polly mit einem Gang wie eine motorisierte Leiche, Cynthia weinend nach den Elektroschocks (»Ich bin nicht traurig«, erklärte sie mir, »aber ich muß einfach weinen.«) und Georgina und ich in unserer Doppelsuite. Uns hielt man für die Gesündesten.

Als der Frühling kam, verbrachte Lisa etwas mehr Zeit außerhalb des Fernsehraums. Auf der Toilette, genauer gesagt, aber es war zumindest etwas anderes.

Ich fragte die Schwester, die Kontrolle hatte: »Was macht sie auf dem Klo?«

Die Schwester war neu. »Soll ich etwa auch noch Klotüren aufmachen?«

Ich tat etwas, was wir mit Neuen oft machten. »Da drinnen könnte man sich im Handumdrehen aufhängen! Was glaubst du eigentlich, wo du hier bist? In einem Internat?« Dann schob ich mein Gesicht dicht an ihres heran. Das mochten sie nicht, uns berühren. Mir fiel auf, daß Lisa jedesmal auf eine andere Toilette ging. Es gab vier, und sie machte täglich die Runde. Sie sah nicht gut aus. Ihr Gürtel hing herunter, und sie war gelber als sonst.

»Vielleicht hat sie die Ruhr«, sagte ich zu Georgina.

Aber Georgina glaubte, sie sei einfach beduselt.

Eines Morgens im Mai, als wir gerade beim Frühstück saßen, hörten wir eine Tür knallen. Dann erschien Lisa in der Küche.

»Den Fernseher kann man erst mal vergessen«, sagte sie. Sie schenkte sich einen großen Becher Kaffee ein, genauso, wie sie es früher morgens gemacht hatte, und setzte sich an den Tisch. Sie lächelte uns an, und wir lächelten zurück. »Wartet«, sagte sie.

Wir hörten eilige Schritte und Stimmen, die etwas sagten wie »Was in aller Welt...« und »Wie in aller Welt...« Dann kam die Oberschwester in die Küche.

»Das warst du«, sagte sie zu Lisa.

Wir gingen nachgucken, was es war.

Sie hatte alle Möbel, manche davon mit Katatonikern drauf, und den Fernseher und die Sprinkleranlage an der Decke in Toilettenpapier eingewickelt. Meter um Meter davon schwebten und baumelten, bauschten sich und verhüllten alles, überall. Es war großartig.

»Sie war nicht beduselt«, sagte ich zu Georgina. »Sie war beschäftigt.«

Wir hatten einen schönen Sommer, und Lisa erzählte uns viele Geschichten davon, was sie in den drei Tagen gemacht hatte, als sie frei war.

## DAS GEHEIMNIS DES LEBENS

Eines Tages kriegte ich Besuch. Ich war gerade im Fernsehraum und guckte zu, wie Lisa Fernsehen guckte, als eine Schwester hereinkam, um mir das mitzuteilen.

»Du hast Besuch«, sagte sie. »Ein Mann.«

Es war nicht mein schwieriger Freund. Er war nicht mehr mein Freund. Wie konnte eine, die eingesperrt war, einen Freund haben? Und überhaupt, er konnte es nicht ertragen, hierher zu kommen. Seine Mutter war, wie sich herausgestellt hatte, auch in der Klapsmühle gewesen, und er konnte es nicht ertragen, daran erinnert zu werden.

Es war nicht mein Vater, der hatte zu tun.

Es war nicht mein Englischlehrer von der High-School, der war gefeuert worden und nach North Carolina gezogen.

Ich ging nachsehen, wer es war.

Er stand an einem Fenster im Aufenthaltsraum und sah hinaus. Lang wie eine Giraffe, mit hängenden Akademikerschultern, Handgelenken, die aus seinem Jakkett herausragten, und fahlem Haar, das wie ein Strahlenkranz aus seinem Kopf herausschoß. Er drehte sich um, als er mich hereinkommen hörte.

Es war Jim Watson. Ich freute mich, ihn zu sehen, denn in den fünfziger Jahren hatte er das Geheimnis des Lebens entdeckt, und jetzt würde er es mir vielleicht verraten.

»Jim!« sagte ich.

Er schlenderte auf mich zu. Er schlenderte und schwankte und verstummte, während er mit anderen reden sollte, und deswegen hatte ich ihn immer gemocht.

»Du siehst gut aus«, sagte er zu mir.

»Was hattest du erwartet?« fragte ich.

Er schüttelte den Kopf.

»Was machen sie hier drin mit dir?« Er flüsterte.

»Nichts«, sagte ich. »Sie machen gar nichts.«

»Es ist schrecklich hier«, sagte er.

Der Aufenthaltsraum war ein besonders schrecklicher Teil unserer Station. Er war riesig und vollgestopft mit riesigen, plastikbezogenen Sesseln, die furzten, wenn man sich reinsetzte.

»Es ist eigentlich gar nicht so schlimm«, sagte ich, aber ich war daran gewöhnt und er nicht.

Er schlenderte wieder ans Fenster und sah hinaus. Nach einer Weile winkte er mich mit einem seiner langen Arme zu sich herüber.

»Guck mal.« Er zeigte auf etwas.

»Was denn?«

»Das da.« Er zeigte auf ein Auto. Es war ein roter Sportwagen, vielleicht ein MG. »Das ist meiner«, sagte er. Er hatte den Nobelpreis bekommen, also hatte er den Wagen wahrscheinlich von dem Geld gekauft.

»Schön«, sagte ich. »Sehr schön.«

Jetzt flüsterte er wieder. »Wir könnten wegfahren«, flüsterte er.

»Hm?«

»Du und ich, wir könnten wegfahren.«

»Du meinst, mit dem Auto?« Ich war verwirrt. War das etwa das Geheimnis des Lebens? Abhauen war das Geheimnis des Lebens?

»Sie würden hinter mir herkommen«, sagte ich.

»Der ist schnell«, sagte er. »Ich könnte dich hier rausholen.«

Plötzlich hatte ich das Gefühl, ihn beschützen zu müssen. »Danke«, sagte ich. »Danke für das Angebot. Es ist nett von dir.«

»Willst du nicht weg?« Er beugte sich zu mir. »Wir könnten nach England gehen.«

»England?« Was hatte England mit der ganzen Sache zu tun? »Ich kann nicht nach England gehen«, sagte ich.

»Du könntest als Gouvernante arbeiten«, sagte er.

Zehn Sekunden lang stellte ich mir dieses andere Leben vor, das damit begann, daß ich in Jim Watsons rotes Auto einstieg und wir durch das Kliniktor und weiter zum Flughafen rasten. Die Geschichte mit der Gouvernante war nebelhaft. Ja, die ganze Sache war nebelhaft. Die Plastiksessel, die Sicherheitsfenster, der Summer an der Tür zum Schwesternzimmer: Diese Sachen waren deutlich.

»Ich bin jetzt hier, Jim«, sagte ich. »Ich glaube, ich muß hier bleiben.«

»Okay.« Er wirkte nicht eingeschnappt. Er sah sich ein letztes Mal im Raum um und schüttelte den Kopf.

Ich blieb am Fenster stehen. Nach einigen Minuten sah ich ihn in sein rotes Auto steigen und abfahren. Dabei ließ er kleine, sportliche Wölkchen von Auspuffgasen hinter sich zurück. Dann ging ich wieder in den Fernsehraum.

»Hi, Lisa«, sagte ich. Ich war froh, daß sie noch da war.

»Grr«, sagte Lisa.

Dann machten wir es uns zu einer weiteren Runde Fernsehen gemütlich.

## POLITIK

In unserer parallelen Welt ereigneten sich Dinge, die sich in der Welt, aus der wir gekommen waren, noch nicht ereignet hatten. Wenn sie sich dann schließlich draußen ereigneten, kamen sie uns bekannt vor, weil wir Varianten davon schon vorgeführt bekommen hatten. Es war, als wären wir Provinzpublikum, New Haven im Vergleich zum New York in der richtigen Welt, vor dem die Geschichte ihr nächstes Schauspiel ausprobieren konnte. Zum Beispiel die Sache mit Georginas Freund Wade und dem Zucker.

Sie hatten sich in der Cafeteria kennengelernt. Wade war dunkel und sah auf oberflächliche, typisch amerikanische Art gut aus. Was ihn unwiderstehlich machte, war sein Zorn. Fast alles machte ihn zornig, und er kochte vor Wut. Georgina erklärte, sein Vater sei das Problem.

»Sein Vater ist Spion, und Wade ist sauer, weil er nie so ein knallharter Typ werden kann wie sein Vater.«

Ich interessierte mich mehr für Wades Vater als für Wades Problem.

»Spion für uns?« fragte ich.

»Natürlich«, sagte Georgina, aber mehr wollte sie nicht sagen.

Wade und Georgina saßen immer in unserem Zimmer auf dem Fußboden und flüsterten. Ich sollte sie allein lassen, und normalerweise tat ich das auch. Eines Tages allerdings beschloß ich, dabeizubleiben und mehr über Wades Vater herauszufinden.

Wade redete sehr gern über ihn. »Er lebt in Miami, damit er nach Kuba rüber kann. Er ist in Kuba eingefallen. Er hat Dutzende von Leuten umgebracht, mit bloßen Händen. Er weiß, wer den Präsidenten ermordet hat.«

»Hat er den Präsidenten ermordet?« fragte ich.

»Ich glaube nicht«, sagte Wade.

Wade hieß mit Nachnamen Barker.

Ich muß gestehen, daß ich kein Wort von dem glaubte, was Wade sagte. Schließlich war er ein verrückter Siebzehnjähriger, der so gewalttätig werden konnte, daß zwei große Pfleger ihn festhalten mußten. Manchmal war er eine Woche lang auf seiner Station eingesperrt, und Georgina durfte nicht rein, um ihn zu besuchen. Dann beruhigte er sich und nahm seine Besuche auf dem Fußboden unseres Zimmers wieder auf.

Wades Vater hatte zwei Freunde, die Wade besonders beeindruckten: Liddy und Hunt. »Die Kerle sind zu allem fähig!« sagte Wade. Er sagte das oft, und es schien ihm Sorgen zu machen.

Georgina paßte es nicht, daß ich Wade über seinen Vater ausquetschte; sie ignorierte mich, als ich bei ihnen auf dem Fußboden saß. Aber ich konnte nicht widerstehen.

»Zum Beispiel?« sagte ich. »Wozu sind sie fähig?«

»Das darf ich nicht verraten«, sagte Wade.

Kurz darauf tauchte er in eine gewalttätige Phase ein, die wochenlang anhielt.

Georgina wußte ohne Wades Besuche nichts mit sich anzufangen. Weil ich mich zum Teil für seine Abwesenheit verantwortlich fühlte, bot ich ihr verschiedene Zerstreuungen an. »Komm, wir räumen das Zimmer um«, sagte ich. »Komm, wir spielen Scrabble.« Oder: »Wir kochen was.«

Zum Kochen hatte Georgina Lust. »Laß uns Karamelbonbons machen«, sagte sie.

Ich war erstaunt, daß zwei Personen in einer Küche Karamelbonbons herstellen konnten. Ich hatte gedacht, sie wären ein Massenprodukt, so wie Autos, für dessen Herstellung man komplizierte Maschinen braucht. Aber Georgina zufolge brauchte man nichts weiter als eine Bratpfanne und Zucker.

»Wenn er karamelisiert ist«, sagte sie, »gießen wir ihn auf Wachspapier zu kleinen Kugeln.«

Die Schwestern fanden es süß, daß wir kochten. »Übt ihr schon für deine Ehe mit Wade?« fragte eine.

»Ich glaube, Wade ist nicht der Typ, der heiratet«, sagte Georgina.

Selbst wenn man noch nie Karamelbonbons gemacht hat, weiß man, wie heiß Zucker sein muß, bevor er karamelisiert. Und so heiß war er, als die Pfanne abrutschte und ich die Hälfte des Zuckers über Georginas Hand goß, die das Wachspapier straff hielt.

Ich schrie und schrie, doch Georgina gab keinen Laut von sich. Die Schwestern kamen angerannt und brachten Eis und Salben und Verbände, und ich schrie weiter, und Georgina tat nichts. Sie stand still da, die kandierte Hand vor sich hingestreckt.

Ich kann mich nicht erinnern, ob es E. Howard Hunt oder G. Gordon Liddy war, der während des Watergate-Prozesses sagte, er habe nachts seine Hand in eine Kerzenflamme gehalten, bis seine Handfläche brannte, um sich zu versichern, daß er Folterungen standhalten könne.

Wer immer es war, wir wußten schon davon: die Schweinebucht, die versengte Haut, die Killer mit bloßen Händen, die zu allem fähig waren. Wir hatten die Vorschauen gesehen, Wade, Georgina und ich, zusammen mit einem Publikum von Krankenschwestern, deren Berichte in der Rückschau etwa so lauteten: »Patientin zeigte nach dem Unfall keine Affekte«; »Patient phantasiert weiterhin, sein Vater sei ein CIA-Agent mit gefährlichen Freunden.«

## WENN SIE HIER WOHNEN WÜRDEN, WÄREN SIE JETZT ZU HAUSE

Daisy kam und ging mit den Jahreszeiten. Sie erschien jedes Jahr vor Thanksgiving und blieb über Weihnachten. In manchen Jahren kam sie außerdem noch zu ihrem Geburtstag im Mai.

Sie bekam immer ein Einzelzimmer. »Möchte jemand in ein Doppelzimmer?« fragte die Oberschwester bei unserer wöchentlichen Stationsversammlung eines Morgens im November. Es war ein spannender Moment. Georgina und ich, die bereits ein Zimmer teilten, konnten das Durcheinander unbefangen genießen.

»Ich! Ich!« Eine, die Freundin eines Marsmenschen, die außerdem selbst einen kleinen Penis hatte, den sie nur zu gern vorführte, hob die Hand; niemand wollte ein Zimmer mit ihr teilen.

»Ich würde es tun, wenn jemand es wollte, aber natürlich wird keine es wollen, daher würde ich keine zwingen wollen, es zu wollen.« Das war Cynthia, die nach sechs Monaten Schocktherapie so zu reden begonnen hatte.

Polly kam ihr zu Hilfe: »Ich gehe in ein Zimmer mit dir, Cynthia.«

Aber damit war das Problem nicht gelöst, denn Polly war selbst in einem Doppelzimmer. Ihre Zimmergenossin war eine neue Magersüchtige namens Janet, bei der Zwangsernährung vorgesehen war, sobald sie unter vierunddreißig Kilo kam.

Lisa beugte sich zu mir. »Ich hab' sie gestern auf der Waage beobachtet: fünfunddreißigeinhalb Kilo«, sagte sie laut. »Am Wochenende hängt sie am Schlauch.«

»Fünfunddreißigeinhalb ist mein Idealgewicht«, sagte Janet. Das gleiche hatte sie allerdings auch bei achtunddreißig oder sechsunddreißig Kilo gesagt, daher wollte auch mit ihr niemand das Zimmer teilen.

Schließlich wurden ein paar Katatoniker zusammengelegt, und Daisys Zimmer stand für ihre Ankunft am fünfzehnten November bereit.

Daisy hatte zwei Leidenschaften: Abführmittel und Huhn. Jeden Morgen erschien sie vor dem Schwesternzimmer und trommelte mit ihren bleichen, nikotinfleckigen Fingern ungeduldig auf der Durchreiche herum.

»Ich will mein Colace«, fauchte sie. »Ich will mein Ex-Lax.«

Wenn jemand neben ihr stand, stieß sie derjenigen einen Ellbogen in die Seite oder trat ihr auf den Fuß. Daisy haßte es, wenn jemand ihr nahe kam.

Zweimal in der Woche brachte ihr untersetzter, kartoffelgesichtiger Vater ein ganzes Huhn mit, von ihrer Mutter gebraten und in Aluminiumfolie eingewickelt. Daisy hielt das Huhn dann im Schoß und streichelte es durch die Folie hindurch, während sie ihre Augen im Zimmer herumflitzen ließ und es kaum erwarten konnte, daß ihr Vater wieder ging, damit sie sich über das Huhn hermachen konnte. Aber Daisys Vater wollte so lange wie möglich bleiben, weil er in Daisy verliebt war.

Lisa erklärte das. »Er kann nicht glauben, daß er sie produziert hat. Er will sie ficken, um sicher zu sein, daß sie wirklich existiert.«

»Aber sie stinkt doch«, protestierte Polly. Natürlich stank Daisy, nach Huhn und nach Scheiße.

»Sie hat nicht immer gestunken«, sagte Lisa.

Ich gab Lisa recht, denn mir war aufgefallen, daß Daisy sexy war. Trotz Gestank, finsterem Blick, Fauchen und Rempeln hatte sie einen Funken, der uns anderen fehlte. Sie trug Shorts und hautenge, ärmellose Pullover, um ihre bleichen, drahtigen Glieder zur Schau zu stellen, und wenn sie morgens den Gang entlangschlenderte, um ihre Abführmittel zu holen, schwang sie ihren Arsch in lässigen Halbkreisen.

Auch die Freundin des Marsmenschen war in sie verliebt. Sie folgte ihr den Gang hinunter und flötete: »Willst du meinen Penis sehen?« Woraufhin Daisy fauchte: »Ich scheiß' auf deinen Penis.«

Niemand war jemals in Daisys Zimmer gewesen.

Lisa war fest entschlossen, hineinzugelangen. Sie hatte einen Plan.

»Mann, hab' ich 'ne Verstopfung«, sagte sie drei Tage lang. »Mein lieber Mann!« Am vierten Tag entlockte sie der Oberschwester ein paar Ex-Lax. »Hat nicht geklappt«, berichtete sie am nächsten Morgen. »Habt ihr nichts Stärkeres?«

»Wie wär's mit Rizinusöl?« sagte die Oberschwester. Sie war überarbeitet.

»Dieser Ort ist eine faschistische Schlangengrube«, sagte Lisa. »Geben Sie mir 'ne doppelte Dosis Ex-Lax.« Jetzt hatte sie sechs Ex-Lax und konnte verhandeln. Sie stellte sich vor Daisys Tür.

»He, Daisy«, rief sie. »He, Daisy!« Sie trat gegen die Tür.

»Verpiß dich«, sagte Daisy.

»He, Daisy.«

Daisy fauchte.

Lisa beugte sich dicht zur Tür. »Ich hab' was für dich.«

»Schwachsinn«, sagte Daisy. Dann machte sie die Tür auf.

Georgina und ich hatten hinten vom Gang aus zugeguckt. Als Daisy die Tür aufmachte, verrenkten wir uns fast die Hälse, aber in Daisys Zimmer war es so dunkel, daß wir nichts sehen konnten. Als die Tür sich hinter Lisa schloß, zog kurz ein eigenartiger, süßlicher Geruch in den Gang.

Lisa kam lange Zeit nicht wieder heraus. Wir gaben das Warten auf und gingen zum Mittagessen in die Cafeteria.

Während der Abendnachrichten gab Lisa ihren Bericht ab. Sie stand vor dem Fernseher und sprach so laut, daß sie Walter Cronkite übertönte.

»Daisys Zimmer ist voller Hühner«, sagte sie. »Sie ißt da drin Hühner. Sie hat mir ihre Methode gezeigt. Sie pult das ganze Fleisch ab, weil sie das Gerippe heil behalten will. Sogar von den Flügeln – sie pult das Fleisch von den Flügeln ab. Dann legt sie das Gerippe auf den Fußboden neben das letzte Gerippe. Sie hat jetzt ungefähr neun. Sie sagt, wenn sie vierzehn hat, wäre es Zeit, wieder zu gehen.«

»Hat sie dir von den Hühnern abgegeben?« fragte ich.

»Ich wollte nichts von ihren ekelhaften Hühnern.«

»Warum macht sie das?« fragte Georgina.

»Oh, Mann«, sagte Lisa, »ich weiß doch nicht alles.«

»Und die Abführmittel?« wollte Polly wissen.

»Die braucht sie. Die braucht sie wegen dem vielen Hühnerfleisch.«

»Da steckt mehr dahinter, als man auf den ersten Blick sieht«, sagte Georgina.

»Hör mal! Ich bin schließlich reingekommen«, sagte Lisa. Danach wurde die Diskussion schnell unsachlich.

Noch in derselben Woche gab es weitere Neuigkeiten über Daisy. Ihr Vater hatte ihr zu Weihnachten eine Wohnung gekauft. »Ein Liebesnest«, sagte Lisa dazu.

Daisy war mit sich zufrieden und verbrachte mehr Zeit außerhalb ihres Zimmers, in der Hoffnung, daß jemand sich nach der Wohnung erkundigen würde. Georgina tat ihr den Gefallen.

»Wie groß ist die Wohnung, Daisy?«

»Ein Schlafzimmer, L-förmiges Wohnzimmer, große Huhnküche.«

»Du meinst Wohnküche?«

»Hab' ich doch gesagt, Arschloch.«

»Wo ist die Wohnung, Daisy?«

»In der Nähe vom Massachusetts General Hospital.«

»Ungefähr auf dem Weg zum Flughafen?«

»In der Nähe vom Massachusetts General.« Daisy wollte nicht zugeben, daß die Wohnung am Weg zum Flughafen lag.

»Was gefällt dir daran am besten?«

Daisy schloß die Augen und schwieg, um ihre Lieblingsfrage auszukosten. »Das Schild.«

»Was steht auf dem Schild?«

»Wenn Sie hier wohnen würden, wären Sie jetzt zu Hause.« Sie ballte die Fäuste vor Aufregung. »Siehst du, jeden Tag werden Leute da vorbeifahren und das Schild lesen und denken, ›ja, wenn ich da wohnen würde, wäre ich jetzt zu Hause‹, und ich bin dann wirklich da zu Hause. Arschficker.«

Daisy verließ uns in diesem Jahr früher als sonst, um Weihnachten in ihrer Wohnung zu verbringen.

»Die kommt wieder.« Aber diesmal irrte Lisa sich.

Eines Nachmittags im Mai wurden wir zu einer Sonderversammlung zusammengerufen.

»Ich habe eine traurige Nachricht für euch«, sagte die Oberschwester. Wir beugten uns alle vor. »Daisy hat gestern Selbstmord begangen.«

»War sie in ihrer Wohnung?« fragte Georgina.

»Hat sie sich erschossen?« fragte Polly

»Wer ist Daisy? Kenne ich Daisy?« fragte die Freundin des Marsmenschen.

»Hat sie einen Brief hinterlassen?« fragte ich.

»Die Einzelheiten sind unwichtig«, sagte die Oberschwester.

»Es war ihr Geburtstag, oder?« fragte Lisa. Die Oberschwester nickte.

Wir legten alle eine Schweigeminute für Daisy ein.

# MEIN SELBSTMORD

Selbstmord ist eine Form des Mordes – des vorsätzlichen Mordes. Man begeht ihn nicht gleich, wenn er einem zum erstenmal in den Sinn kommt. Man muß sich an den Gedanken gewöhnen. Und man braucht die Hilfsmittel, die Gelegenheit und das Motiv. Ein erfolgreicher Selbstmord erfordert gute Organisation und einen kühlen Kopf, und beides ist normalerweise mit der selbstmörderischen Gemütsverfassung unvereinbar.

Es ist wichtig, Distanz zu entwickeln. Eine Methode dazu besteht darin, daß man übt, sich vorzustellen, man wäre tot oder würde gerade sterben. Wenn man vor einem Fenster steht, muß man sich vorstellen, wie der eigene Körper aus dem Fenster fällt. Wenn man ein Messer in der Hand hat, muß man sich vorstellen, wie es sich in die Haut bohrt. Wenn gerade ein Zug kommt, muß man sich den eigenen Rumpf plattgefahren unter den Rädern vorstellen. Diese Übungen sind notwendig, um den richtigen Abstand zu gewinnen. Das Motiv ist die Hauptsache. Ohne ein zwingendes Motiv ist man aufgeschmissen.

Meine Motive waren nicht überzeugend – ein Referat in amerikanischer Geschichte, das ich nicht schreiben wollte, und die Frage, die ich mir vor Monaten gestellt hatte: Warum bringe ich mich nicht um? Tot würde ich das Referat nicht schreiben müssen. Und außerdem würde ich die Frage nicht weiter diskutieren müssen. Die Diskussion erschöpfte mich. Wenn man diese Frage einmal gestellt hat, geht sie nicht wieder weg. Ich glaube, viele Leute bringen sich einfach nur um, um die Diskussion darüber, ob sie es tun sollen oder nicht, abzubrechen.

Alles, was ich dachte oder tat, wurde sofort in die Diskussion eingebracht. Dumme Bemerkung gemacht – warum bringe ich mich nicht um? Den Bus verpaßt – besser der ganzen Geschichte ein Ende machen. Selbst das Gute wurde einbezogen. Der Film hat mir gefallen - vielleicht sollte ich mich doch nicht umbringen.

Eigentlich wollte ich nur einen Teil von mir töten: jenen Teil, der sich töten wollte, der mich in die Selbstmorddiskussion hineinzog und der jedes Fenster, jedes Küchengerät und jede Untergrundstation zur Probe für eine Tragödie benutzte.

Das kapierte ich allerdings erst, nachdem ich die fünfzig Aspirin geschluckt hatte.

Ich hatte einen Freund namens Johnny, der Liebesgedichte an mich schrieb – gute übrigens. Ich rief ihn an, sagte, ich würde mich jetzt umbringen, legte den Hörer neben die Gabel, nahm meine fünfzig Aspirin und erkannte, daß das ein Fehler war. Dann verließ ich das Haus, um Milch zu kaufen, denn darum hatte meine Mutter mich gebeten, bevor ich die Aspirin nahm.

Johnny rief die Polizei. Sie kamen zu mir nach Hause und erzählten meiner Mutter, was ich getan hatte. Sie erschien im A & P an der Massachusetts Avenue, gerade als ich im Begriff war, über der Fleischtheke ohnmächtig zu werden.

Während ich die fünf Blocks zum A & P ging, wurde ich von Scham und Reue gepackt. Ich hatte einen Fehler gemacht, und ich würde deswegen sterben. Vielleicht verdiente ich es sogar, deswegen zu sterben. Ich fing an, über meinen Tod zu weinen. Einen Augenblick lang hatte ich Mitgefühl mit mir und dem ganzen Unglück in mir. Dann begann alles zu verschwimmen und zu sausen. Als ich den Supermarkt erreichte, war die Welt zu einem engen, pochenden Tunnel zusammengeschrumpft. Ich hatte meine periphere Sehfähigkeit verloren, mir dröhnten die Ohren, mein Puls hämmerte. Die blutigen Koteletts und Steaks, die sich gegen ihre Plastikverpackungen preßten, waren das letzte, was ich deutlich sah.

Das Magenauspumpen brachte mich wieder zu Bewußtsein. Sie nahmen einen langen Schlauch und schoben ihn mir langsam durch die Nase hoch und hinten durch die Kehle wieder hinunter. Das war, als würde ich erstickt. Dann fingen sie an zu pumpen. Das war, als würde ich in großem Stil Blut abgezapft bekommen – der Sog, das Gefühl von kollabierendem Gewebe, das sich so berührte, wie es sich nicht berühren sollte, die Übelkeit, als alles, was drinnen war, herausgesogen wurde. Es war ein gutes Abschreckungsmittel. Nächstes Mal, so beschloß ich, würde ich bestimmt nicht wieder Aspirin nehmen.

Aber als sie fertig waren, war ich nicht sicher, ob es ein nächstes Mal geben würde. Ich fühlte mich gut. Ich war nicht tot, doch irgend etwas war tot. Vielleicht hatte ich mein sonderbares Ziel des partiellen Selbstmordes erreicht. Ich war so leicht und lebhaft wie seit Jahren nicht mehr.

Meine Lebhaftigkeit hielt monatelang an. Ich erledigte einen Teil meiner Hausaufgaben. Ich traf mich nicht mehr mit Johnny und ließ mich mit meinem Englischlehrer ein, der sogar noch bessere Gedichte schrieb, wenn auch nicht an mich. Ich fuhr mit ihm nach New York; er ging mit mir ins Frick, um die Vermeers anzusehen.

Komisch war nur, daß ich plötzlich Vegetarierin war. Ich assoziierte Fleisch mit Selbstmord, weil ich an der Fleischtheke ohnmächtig geworden war. Aber ich wußte, daß noch mehr dahintersteckte.

Das Fleisch hatte Druckstellen, blutete und war in eine enge Hülle eingesperrt. Und obwohl ich mich sechs Monate lang vom Nachdenken darüber erholen konnte, war ich das auch.

## ELEMENTARE TOPOGRAPHIE

Vielleicht ist immer noch unklar, wie ich da drin gelandet bin. Es muß etwas mehr gewesen sein als ein Pickel. Ich habe nicht erwähnt, daß ich noch nie bei dem Arzt gewesen war und daß er schon nach fünfzehn Minuten beschloß, mich in eine Anstalt zu schicken. Vielleicht waren es zwanzig. Was war an mir so gestört, daß ein Arzt mich in weniger als einer halben Stunde in die Klapsmühle steckte? Allerdings hat er mich reingelegt: ein paar Wochen. Es waren eher zwei Jahre. Ich war achtzehn.

Ich unterschrieb mein Aufnahmegesuch. Ich mußte es selbst unterschreiben, weil ich volljährig war. Entweder das oder eine Zwangseinweisung, obwohl sie nie eine Zwangseinweisung gegen mich hätten erwirken können. Das wußte ich nicht, daher unterschrieb ich mein Aufnahmegesuch.

Ich war keine Gefahr für die Gesellschaft. War ich eine Gefahr für mich selbst? Die fünfzig Aspirin – aber die habe ich erklärt. Sie waren metaphorisch gemeint. Ich wollte eine bestimmte Seite meines Wesens loswerden. Ich unternahm mit diesen Aspirin eine Art Selbstabtreibung. Es wirkte eine Weile. Dann hörte die Wirkung auf; aber ich hatte nicht den Mut, es nochmal zu versuchen.

Betrachten wir es von seinem Standpunkt aus. Es war 1967. Selbst in Leben wie seinem, Berufsleben, die hinter Strauchwerk in den Vororten gelebt wurden, machte sich eine seltsame Unterströmung bemerkbar, ein Sog aus der anderen Welt – der treibenden, vollgedröhnten, nachnamenlosen Jugendwelt –, der die Leute aus dem Gleichgewicht brachte. Man könnte das »bedrohlich« nennen, um seine Sprache zu verwenden. Was machen diese Kids da bloß? Und dann kommt eins davon in seine Praxis, in einem Minirock von der Größe einer Serviette, mit fleckigem Kinn und sehr einsilbig. Drogen, vermutet er. Er guckt nochmal auf den Namen, der vor ihm auf dem Block notiert steht. Hat er nicht vor zwei Jahren auf einer Party ihre Eltern kennengelernt? Harvard – oder war es das Massachusetts Institute of Technology? Ihre Stiefel sind abgetragen, aber der Mantel ist gut. Die Welt da draußen ist böse, wie Lisa sagen würde. Er kann sie nicht guten Gewissens wieder hinausschicken, sie würde zu Treibgut in der subgesellschaftlichen Flut, die ab und zu in sein Sprechzimmer hereinspült und solche wie sie absetzt. Für ihn ist es eine Form der Präventivmedizin.

Bin ich zu freundlich zu ihm? Vor ein paar Jahren habe ich gelesen, daß eine frühere Patientin ihn wegen sexueller Belästigung angeklagt hat. Aber das passiert heutzutage dauernd; es ist schick geworden, Ärzte anzuklagen. Vielleicht war es einfach zu früh am Morgen für ihn, genauso wie für mich, und ihm fiel nichts anderes ein. Vielleicht, höchstwahrscheinlich, wollte er einfach nichts riskieren.

Mein Standpunkt ist schwerer zu erklären. Ich ging. Zuerst ging ich in seine Praxis, dann stieg ich in das Taxi, dann ging ich die Steintreppe zum Verwaltungsgebäude des McLean Hospitals hinauf und saß, wenn ich mich richtig erinnere, eine Viertelstunde lang auf einem Stuhl und wartete darauf, den Verlust meiner Freiheit zu unterschreiben.

Mehrere Voraussetzungen sind nötig, damit man so etwas tut.

Ich hatte Probleme mit Mustern. Mit Orientteppichen, Fliesenböden, bedruckten Vorhängen und so was. Supermärkte waren besonders schlimm wegen der langen, hypnotisierenden Schachbrett-Gänge. Wenn ich solche Sachen anguckte, sah ich etwas anderes in ihnen. Das klingt, als hätte ich halluziniert, aber es war keine Halluzination. Ich wußte, daß ich einen Fußboden oder einen Vorhang vor mir hatte. Aber in allen Mustern schienen mögliche Bilder enthalten zu sein, die in schwindelerregender Menge kurz aufflakkernd zum Leben erwachten. Zum Beispiel... ein Wald, ein Vogelschwarm, mein Klassenfoto aus dem zweiten Schuljahr. Das war es zwar nicht – es war ein

Teppich oder was immer, aber meine kurzen Blicke auf das, was es hätte sein können, erschöpften mich. Die Realität wurde zu dicht.

Auch in meiner Wahrnehmung von Menschen änderte sich etwas. Wenn ich jemandem ins Gesicht sah, behielt ich oft nicht durchgängig die Verbindung zum Konzept eines Gesichtes. Wenn man einmal anfängt, ein Gesicht zu analysieren, ist es ein merkwürdiges Ding: schwammig, mit Spitzen, vielen Luftlöchern und nassen Stellen. Das war die Umkehrung von meinem Problem mit Mustern. Statt zuviel Bedeutung zu sehen, sah ich gar keine.

Aber ich wurde nicht einfach bekloppt und taumelte einen Schacht ins Märchenland hinunter. Es war mein Pech – oder meine Rettung –, daß ich mir meiner Fehlwahrnehmungen der Realität jederzeit bewußt war. Ich »glaubte« nie etwas von dem, was ich sah oder zu sehen meinte. Und nicht nur das, ich verstand auch jede neue verrückte Handlung richtig.

Jetzt sagte ich etwa zu mir selbst, hast du das Gefühl, den Menschen entfremdet und anders als sie zu sein, daher projizierst du dein Unbehagen auf sie. Wenn du ein Gesicht anschaust, siehst du einen Gummifleck, weil du fürchtest, daß dein Gesicht ein Gummifleck ist.

Aufgrund dieser Klarheit war ich fähig, mich normal zu verhalten, was einige interessante Fragen aufwarf. Sahen alle solches Zeug und taten bloß so, als würden sie es nicht sehen? Bestand Wahnsinn einfach darin, mit dem Theaterspielen aufzuhören? Wenn manche Leute diese Sachen nicht sahen, was war dann mit ihnen los? Waren sie etwa blind? Diese Fragen beunruhigten mich.

Etwas war abgeschält worden, ein Überzug oder eine Schale, die uns zum Schutz dient. Ich konnte nicht entscheiden, ob der Überzug etwas war, das mich selbst bedeckte, oder ob er an allem auf der Welt haftete. Und eigentlich war das auch gleichgültig, was immer er bedeckt hatte, er war nicht mehr da.

Und das war die wichtigste Voraussetzung, daß nämlich alles etwas anderes sein konnte. Als ich das einmal akzeptiert hatte, folgte daraus, daß ich verrückt sein konnte oder daß jemand mich für verrückt halten konnte. Wie konnte ich mit Bestimmtheit sagen, daß ich nicht verrückt war, wenn ich nicht mit Bestimmtheit sagen konnte, daß ein Vorhang keine Bergkette war?

Ich muß allerdings zugeben, daß ich wußte, daß ich nicht verrückt war.

Ausschlaggebend war eine andere Voraussetzung: mein Widerspruchsgeist. Ich setzte meinen Ehrgeiz darein zu widersprechen. Die Welt, ob dicht oder hohl, rief nur meinen Widerspruch hervor. Wenn ich wach sein sollte, schlief ich; wenn ich sprechen sollte, schwieg ich; wenn sich mir ein Vergnügen bot, mied ich es. Mein Hunger, mein Durst, meine Einsamkeit, Langeweile und Angst waren alle Waffen, die auf mei-

*1967*
*27. April*

*Kurzfassung des Aufnahmegesuchs:*
*Die Patientin zog sich in ihr Zimmer zurück, aß sehr wenig, arbeitete oder lernte nicht und dachte daran, in den Fluß zu springen. Sie unterzeichnete dieses Aufnahmegesuch im vollen Bewußtsein der Bedeutung ihres Handelns.*

McLEAN HOSPITAL

Page........... F-90

No. 22201 Name KAYSEN, Susanna N.

| | |
|---|---|
| 1967 | |
| April 27 | ABSTRACT FROM VOLUNTARY APPLICATION: Patient withdrew to her room, ate very little, did not work or study and contemplated jumping into the river. She signed this voluntary application fully realizing the nature of her act. |

[redacted] M. D./h
Director

nen Feind, die Welt, gerichtet waren. Der Welt waren sie natürlich völlig egal, und mich quälten sie, aber ich fand eine makabre Befriedigung in meinen Leiden. Sie bewiesen meine Existenz. Meine ganze Integrität schien im Neinsagen zu liegen.

Daher war die Gelegenheit, eingesperrt zu werden, einfach zu gut, um ihr zu widerstehen. Es war ein ganz großes Nein – das größte Nein diesseits des Selbstmords.

Verdrehte Argumentation. Aber hinter dieser Verdrehtheit wußte ich, daß ich nicht verrückt war und daß sie mich nicht dort behalten würden, eingesperrt in eine Irrenanstalt.

# ANGEWANDTE TOPOGRAPHIE

Zwei abgeschlossene Türen mit einem Raum von einem Meter fünfzig dazwischen, wo man stehen mußte, während die Schwester die erste Tür wieder abschloß und die zweite Tür aufschloß.

Drinnen gleich vorn drei Telefonzellen. Dann ein paar Einzelzimmer und der Aufenthaltsraum und die Eßküche. Diese Anordnung sorgte für einen guten ersten Eindruck bei Besuchern.

Sobald man hinter dem Aufenthaltsraum um die Ecke ging, änderte sich das Bild allerdings.

Ein langer, langer Flur: zu lang. Sieben oder acht Doppelzimmer auf der einen Seite, das Schwesternzimmer in der Mitte der anderen, flankiert vom Besprechungszimmer und dem Hydrotherapie-Wannenraum. Irre links, Personal rechts. Die Toiletten und die Duschräume waren ebenfalls rechts, so als würde das Pflegepersonal Anspruch auf Übersicht über unsere privatesten Verrichtungen erheben.

Eine Tafel mit unseren gut zwanzig Namen in grüner Kreide und hinter jedem Namen etwas Platz, wo wir, mit weißer Kreide, unser Ziel und den Zeitpunkt unseres Weggehens und unserer Rückkehr eintrugen, wenn wir die Station verließen. Die Tafel hing genau gegenüber vom Schwesternzimmer. Wenn jemand Ausgangssperre hatte, schrieb die Oberschwester mit grüner Kreide KEIN AUSGANG neben den Namen. Über Zugänge wurden wir im voraus informiert, wenn ein neuer Name auf der Liste erschien – manchmal sogar einen ganzen Tag bevor die Person mit diesem Namen auf der Station erschien. Die Entlassenen und die Toten blieben noch eine Weile auf der Liste, in stillem Gedenken.

Am Ende des schrecklichen Flurs der schreckliche Fernsehraum. Uns gefiel er. Zumindest zogen wir ihn dem Aufenthaltsraum vor. Er war unordentlich, laut, verqualmt, und, was das Wichtigste war, er war auf der linken, irren Seite der Welt. Aus unserer Sicht gehörte der Aufenthaltsraum dem Pflegepersonal. Wir bemühten uns oft, die wöchentlichen Stationsversammlungen vom Aufenthaltsraum in den Fernsehraum zu verlegen, es gelang uns nie.

Nach dem Fernsehraum machte der Flur noch einen Knick. Zwei weitere Einzelzimmer, ein Doppelzimmer, eine Toilette und das Isolierzimmer.

Das Isolierzimmer war so groß wie ein durchschnittliches Vorstadtbadezimmer. Sein einziges Fenster war mit Maschendraht verstärkt und befand sich in der Tür, so daß man hineingucken und sehen konnte, was da drinnen angestellt wurde. Viel konnte man da drinnen nicht anstellen. Der einzige Gegenstand im Raum war eine Matratze auf dem grünen Linoleumfußboden. Die Wände waren zerkratzt, so als hätte jemand sie mit Fingernägeln oder Zähnen bearbeitet. Das Isolierzimmer sollte schalldicht sein, war es aber nicht.

Man konnte mal eben schnell ins Isolierzimmer reinspringen, die Tür zumachen und eine Weile schreien. Wenn man fertig war, konnte man die Tür wieder aufmachen und gehen. Im Fernsehraum oder auf dem Flur zu schreien war »agieren«, und das war keine so gute Idee. Aber im Isolierzimmer konnte man ruhig schreien.

Man konnte auch darum »bitten«, ins Isolierzimmer eingeschlossen zu werden. Diese Bitte wurde nicht oft geäußert. Man mußte auch darum »bitten«, wieder rausgelassen zu werden. Eine Schwester guckte dann durch den Maschendraht und entschied, ob man soweit war, daß man raus konnte. Ungefähr so, wie man einen Kuchen durch die Glasscheibe in der Backofentür begutachtet.

Die Etikette des Isolierzimmers besagte: Wenn man nicht eingeschlossen war, durfte jeder hereinkommen. Eine Schwester konnte das Geschrei unterbrechen, um herauszufinden, warum man schrie, oder eine andere Verrückte konnte reinkommen und mitschreien. Daher die Sache mit der »Bitte«. Für Ungestörtheit zahlte man den Preis der Freiheit.

Der eigentliche Sinn des Isolierzimmers lag jedoch darin, Leute unter Quarantäne zu stellen, wenn sie ausgerastet waren. In unserer Gruppe herrschte ständig ein bestimmter Lärm- und Jammerpegel. Jede von uns, die länger als ein paar Stunden diesen Pegel überschritt, wurde ins Isolierzimmer gesteckt. Sonst, so argumentierte das Pflegepersonal, würden wir alle die Lautstärke unserer Beklopptheit aufdrehen und die Schwestern würden die Kontrolle verlieren. Für die Entscheidung, jemanden ins Isolierzimmer zu stecken, gab es keine objektiven Kriterien. Sie war relativ, wie die Notenvergabe an der High-School.

Die Isolierung wirkte. Nach einem Tag oder einer Nacht mit nichts zu tun da drin beruhigten sich die meisten. Wenn nicht, kamen sie auf die geschlossene Station.

Unsere doppelt abgeschlossenen Türen, unsere Sicherheitsfenster aus Maschendraht, unsere mit Plastikmessern ausgerüstete Küche, die abgeschlossen war, wenn keine Schwester dabei war, unsere nicht abschließbaren Toilettentüren: Das alles gehörte zur halboffenen Station. Die geschlossene Station war eine andere Welt.

## VORSPIEL ZUM EISESSEN

Die Klinik lag auf einem Hügel außerhalb der Stadt, so wie Kliniken in Filmen über Geisteskranke. Unsere Klinik war berühmt und hatte viele große Dichter und Sänger beherbergt. War die Klinik auf Dichter und Sänger spezialisiert, oder spezialisierten Dichter und Sänger sich auf Wahnsinn?

Ray Charles war der berühmteste Ex-Patient. Wir alle hofften, er würde wiederkommen und uns vom Fenster der Rehabilitationsstation für Drogensüchtige aus ein Ständchen bringen. Aber er kam nicht.

Wir hatten jedoch die Taylors. James stieg, bevor ich kam, in eine andere Klinik auf, aber Kate und Livingston waren noch da. In Ray Charles Abwesenheit machten ihre Blues mit dem North-Carolina-Twang uns ganz traurig. Wenn man traurig ist, hat man das Bedürfnis, seinen Kummer in Klang umgeformt zu hören. Auch Robert Lowell kam nicht. Sylvia Plath war gekommen und gegangen. Was haben Metrum, Sprachmelodie und Rhythmus an sich, daß ihre Schöpfer davon wahnsinnig werden?

Der Park war groß und wunderschön bepflanzt. Außerdem war er unberührt, denn wir durften fast nie spazierengehen. Aber hin und wieder, zu besonderen Gelegenheiten, wurden wir auf dem Weg zum Eisessen hindurchgeführt.

Die Gruppe hatte eine atomare Struktur: Ein Kern von Irren war von herumflitzenden, nervösen Schwestern – Elektronen umringt, die die Aufgabe hatten, uns zu beschützen. Oder die Einwohner von Belmont vor uns zu beschützen.

Die Einwohner waren gut betucht. Die meisten arbeiteten als Ingenieure am Technology Highway, Route 128. Die zweite wichtige Spezies in Belmont war der John Bircher. Die John-Birch-Gesellschaft lag so weit im Osten von Belmont, wie unsere Klinik im Westen lag. Wir betrachteten die beiden Institutionen als Varianten voneinander, zweifellos sahen die Birchers das anders. Aber zusammen umringten wir Belmont. Die Ingenieure wußten das, und sie gaben sich Mühe, uns nicht anzustarren, wenn wir in die Eisdiele kamen.

Zu sagen, daß wir mit einer Gruppe von Schwestern unterwegs waren, erklärt die Situation nicht ganz. Ein kompliziertes System bestimmte, wie viele Schwestern jede einzelne Patientin begleiteten und ob eine Patientin das Gelände überhaupt verlassen durfte.

Die Privilegien begannen mit »Kein Ausgang«: Ausgangssperre. Das war häufig Lisas Schicksal. Manchmal wurde sie auf die nächste Stufe heraufgesetzt, zwei zu eins. Das bedeutete, daß sie die Station verlassen durfte, wenn zwei Schwestern bei ihr waren, allerdings nur, um in die Cafeteria oder zur Beschäftigungstherapie zu gehen. Selbst bei unserer guten Versorgung mit Pflegepersonal bedeutete zwei zu eins oft, daß man auf der Station bleiben mußte. Zwei Schwestern konnten selten erübrigt werden, um Lisa an den Ellbogen zu nehmen und sie eilig zum Abendessen hinüberzubugsieren. Dann gab es eins zu eins: eine Schwester und eine Patientin, aneinandergefesselt wie siamesische Zwillinge. Manche Patientinnen hatten selbst auf der Station eins zu eins, sie hatten eine Sitzwache, und das war, als hätten sie einen Pagen oder eine Kammerzofe. Oder ein schlechtes Gewissen. Das hing von der Schwester ab. Eine fiese Schwester als Sitzwache konnte ein Problem sein; es war normalerweise eine langfristige Aufgabe, damit die Schwester Verständnis für ihre Patientin gewinnen konnte.

Die Abstufungen waren verzwickt. Eins zu zwei (eine Schwester, zwei Patientinnen) führte zu Gruppe (drei oder vier Patientinnen und eine Schwester). Wenn man sich in der Gruppe anständig benahm, bekam man etwas, das »Ausgang mit Ziel« hieß: Das bedeutete, daß man die Oberschwester anrufen mußte, sobald man dort angekommen war, wo man hin wollte, um sie wissen zu lassen, daß man da war. Außerdem mußte man anrufen, bevor man sich auf den Rückweg machte, damit sie Zeit und Entfernung abschätzen konnte, für den Fall, daß man statt dessen weglief. Dann gab es »Ausgang mit Mitpatientin«, das hieß, daß zwei relativ wenig verrückte Patientinnen zusammen irgendwo hingingen. Und als Höchstes gab es »Park«, das hieß, daß man sich allein auf dem gesamten Krankenhausgelände bewegen durfte.

Wenn diese Stationen innerhalb des Klinikgeländes erreicht worden waren, begann die ganze Runde in der Welt draußen von vorn. Wer »Ausgang mit Mitpatientin« oder »Park« hatte, hatte draußen wahrscheinlich noch Gruppe.

Als wir also mit unserem Gefolge von Krankenschwestern zu Baileys am Waverley Square zogen, war die Anordnung der Atome in unserem Molekül komplexer, als es den Ingenieursfrauen erschien, die an der Theke Kaffee schlürften und wohlwollend so taten, als würden sie uns nicht ansehen.

Lisa war sicher nicht dabei. Lisa schaffte es nach ihrem dritten Fluchtversuch nicht weiter als bis eins zu eins. Polly hatte auch eins zu eins, aber damit wollte man sie nicht einengen, sondern ihr das Gefühl geben, sicher zu sein, und sie kam immer mit. Georgina und ich hatten eigentlich Ausgang in Gruppe, aber weil niemand sonst Gruppe hatte, hatten wir praktisch eins zu zwei. Cynthia und die Freundin des Marsmenschen hatten tatsächlich eins zu zwei, daher sah es so aus, als seien Georgina und ich genauso verrückt wie Cynthia und die Freundin des Marsmenschen. Das waren wir aber nicht, und deshalb waren wir etwas ungehalten. Daisy war die Nummer eins: Ausgang in Stadt und Park. Niemand verstand, warum.

Sechs Patientinnen, drei Krankenschwestern.

Es war ein zehn- oder fünfzehnminütiger Spaziergang den Berg hinunter, vorbei an den Rosenbüschen und den prächtigen Bäumen unseres schönen Krankenhauses. Je weiter wir uns von der Station entfernten, desto schreckhafter wurden die Schwestern. Als wir auf die Straße kamen, waren sie verstummt und umzingelten uns, und sie hatten ihre nonchalanten Gesichter aufgesetzt, Gesichter, die ausdrückten: Wir sind keine Krankenschwestern, die sechs Irre zur Eisdiele begleiten. Aber das waren sie doch, und wir waren ihre sechs Irren, also benahmen wir uns auch wie die Irren.

Keine von uns tat irgend etwas Außergewöhnliches. Wir machten einfach weiter das, was wir bei uns auf der Station machten. Brummeln, Fauchen, Weinen. Daisy rempelte andere an. Georgina beschwerte sich, weil sie nicht so verrückt sei wie die anderen beiden. »Hör auf, rumzuagieren«, sagte eine Schwester dann. Sie waren sich nicht zu gut dazu, uns zu kneifen oder uns auf Daisys Art zu schubsen, um uns zum Schweigen zu bringen: Schwesternschubse. Wir nahmen ihnen diese Versuche nicht übel, und sie nahmen uns nicht übel, daß wir wir selbst waren. Es war alles, was wir hatten – die Wahrheit –, und das wußten die Schwestern.

## EISESSEN

Es war ein Frühlingstag, so einer, der den Menschen Hoffnung macht: nichts als sanfte Winde und zarte Düfte nach warmer Erde. Selbstmordwetter. Daisy hatte sich in der vergangenen Woche umgebracht. Wahrscheinlich dachten sie, wir bräuchten Ablenkung. Ohne Daisy änderte sich das Verhältnis von Schwestern zu Patientinnen zugunsten der Schwestern: fünf Patientinnen, drei Schwestern.

Den Hügel hinunter, vorbei an der Magnolie, die schon ihre Blüten verlor, in einem Rosa, das zu Braun wurde, und mit faulenden Rändern, vorbei an den papiertrockenen Osterglocken, vorbei an dem klebrigen Lorbeer, der einen krönen oder vergiften konnte. Die Schwestern waren an diesem Tag auf der Straße weniger nervös, weil das Frühlingsfieber sie leichtsinnig machte – oder vielleicht war ihnen bei dem Verhältnis von Schwestern zu Patientinnen wohler.

Der Fußboden der Eisdiele machte mir zu schaffen. Er war im Schachbrettmuster schwarz und weiß gefliest, mit einem größeren Muster als in Supermärkten.

Wenn ich nur auf ein weißes Quadrat sah, hatte ich keine Probleme, aber es war schwer, die schwarzen Quadrate, die die weißen umgaben, zu ignorieren. Der Kontrast ging mir unter die Haut. In der Eisdiele war ich immer nervös. Der Fliesenboden bedeutete Ja, Nein, Dies, Das, Auf, Ab, Tag, Nacht – alle Unentschlossenheiten und Gegensätze, die im Leben schon schlimm genug waren, ohne daß sie auch noch auf dem Fußboden geschrieben standen.

Ein Neuer machte die Waffeln fertig. In geschlossener Front bewegten wir uns auf ihn zu.

»Wir möchten acht Eiswaffeln«, sagte eine der Schwestern.

»Okay«, sagte er. Er hatte ein freundliches, pickeliges Gesicht.

Wir brauchten lange, um uns zu entscheiden, welche Sorten wir haben wollten. Das war immer so.

»Pfefferminze«, sagte die Freundin des Marsmenschen.

»Es heißt einfach Pfefferminz«, sagte Georgina, »Pfefferminze ist –«

»Peffermieze.«

»– die Pflanze.«

»Pfeffermuschi.«

»Also ehrlich.« Georgina wollte sich beschweren.

»Pfefferschwanz.«

Dafür handelte die Freundin des Marsmenschen sich einen Schwesternschubs ein.

Es gab keine weiteren Abnehmerinnen für Pfefferminz; Schokolade war sehr beliebt. Zum Saisonbeginn hatten sie eine neue Sorte, Pfirsich Melba. Die bestellte ich.

»Fehlt Ihnen noch was?« erkundigte sich der Neue. »Haben Sie jetzt alle?«

Wir sahen uns an: Sollten wir es sagen? Die Schwestern hielten den Atem an. Draußen sangen die Vögel. »Im Moment wohl, glaube ich«, sagte Georgina.

## KONTROLLE

Fünf-Minuten-Kontrollen. Fünfzehn-Minuten-Kontrollen. Halbstündige Kontrollen. Manche Schwestern sagten »Kontrolle«, wenn sie die Tür öffneten. *Klick,* den Knauf drehen, *zisch,* die Tür öffnen, »Kontrolle«, *zisch,* die Tür zuziehen, *klick,* den Knauf drehen. Fünf-Minuten-Kontrollen. Nicht genug Zeit, um eine Tasse Kaffee zu trinken, drei Seiten in einem Buch zu lesen oder zu duschen.

Als Jahre später Digitaluhren erfunden wurden, erinnerten sie mich an Fünf-Minuten-Kontrollen. Sie ermordeten die Zeit auf die gleiche Weise – langsam –, indem sie Stückchen von ihr abhackten und sie in den Mülleimer fliegen ließen, mit einem kleinen Klick, damit man wußte, daß die Zeit um war. *Klick, zisch,* »Kontrolle«, *zisch, klick:* Wieder fünf Minuten vom Leben im Eimer. An diesem Ort verbracht.

Ich wurde schließlich auf halbstündige Kontrolle gesetzt, aber Georgina blieb auf Fünfzehn-Minuten-Kontrollen, daher machte das, solange wir in einem Zimmer waren, keinen Unterschied.

Das war ein Grund dafür, daß wir lieber vor dem Schwesternzimmer saßen. Die Kontrollschwester konnte dann den Kopf rausstrecken und ihre Besichtigung vornehmen, ohne uns zu stören.

Manchmal besaß sie die Frechheit, nach einer von uns zu fragen.

*Klick, zisch,* »Kontrolle« – der Rhythmus wurde für einen Augenblick unterbrochen. »Habt ihr Polly gesehen?«

»Ich nehm' dir doch nicht deine Arbeit ab«, knurrte Georgina.

*Zisch, klick.*

Bevor man sich's versah, war sie schon wieder da. *Klick, zisch,* »Kontrolle«, *zisch, klick.*

Es hörte nie auf, selbst nachts nicht. Es war unser Wiegenlied. Es war unser Metronom, unser Pulsschlag. Es war unser Leben, ausgeteilt in Portionen, die etwas größer waren als jene berühmten Meßlöffel für Kaffee. Suppenlöffel vielleicht? Verbeulte Blechlöffel, randvoll mit dem, was süß hätte sein sollen, aber sauer war, gegoren, verloren, ohne daß wir es ausgekostet hätten: unser Leben.

## SPITZE GEGENSTÄNDE

Nagelschere. Nagelfeile. Rasierapparat. Taschenmesser. (Dein Vater hat es dir geschenkt, als du elf warst.) Anstecknadel. (Die Nadel, die du zu deinem High-School-Abschluß bekommen hast, die mit den beiden kleinen rosa Perlen.) Georginas goldene Ohrstecker. (Das kann doch nicht Ihr Ernst sein! Doch, hier auf der Rückseite, siehst du – die Schwester zeigte ihr die stumpfen kleinen Stifte hinten –, die sind spitz, siehst du?) Dieser Gürtel. (Mein Gürtel? Was ist hier los? Die Schnalle war schuld. Man konnte sich vielleicht mit diesem Teil der Schnalle, mit dem Dorn, die Augen ausstechen.) Messer. Gut, gegen Messer ließ sich etwas einwenden. Aber Gabeln und Löffel auch? Messer, Gabeln und Löffel.

Wir aßen mit Plastik. Es war ein fortwährendes Picknick, unser Krankenhaus.

Altes, zähes Fleisch mit einem Plastikmesser zerschneiden, es dann auf eine Plastikgabel schaufeln (die Zinken ließen sich nicht ins Fleisch stechen, daher mußte man die Gabel wie einen Löffel benutzen): Das

Essen schmeckt anders, wenn man es mit Plastikbesteck ißt.

In einem Monat kam die Lieferung des Plastikbestecks zu spät, und wir aßen mit Pappmessern und Pappgabeln und Papplöffeln. Haben Sie schon mal mit einer Pappgabel gegessen? Stellen Sie sich den Geschmack vor, zergehende, klumpige Pappe, immer wieder in den Mund hinein, auf der Zunge entlangreibend.

Und wenn man sich die Beine rasieren wollte?

Rüber zum Schwesternzimmer. »Ich möchte mir die Beine rasieren.«

»Laß mich eben in deinen Anordnungen nachsehen.«

»Ich *habe* die Erlaubnis, mir die Beine zu rasieren. Unter Aufsicht.«

»Laß mich nachsehen.« Rascheln, Knistern. »Okay. Einen Augenblick.«

»Ich gehe jetzt.«

In der Wanne, groß wie ein Schwimmbecken, wie ein olympisches Schwimmbecken, tief und lang und mit Klauenfüßen: *Klick, zisch,* »Kontrolle« –

»Hey! Wo ist mein Rasierapparat?«

»Ich mache nur die Kontrolle.«

»Ich soll mir jetzt die Beine rasieren.«

*Zisch, klick.*

Mehr heißes Wasser: Diese Hydrotherapie-Wannen sind wirklich gemütlich.

*Klick, zisch,* meine Rasieraufsicht.

»Haben Sie meinen Rasierapparat mitgebracht?«

Sie gibt ihn mir. Sie sitzt auf dem Stuhl neben der Badewanne. Ich bin achtzehn Jahre alt. Sie ist zweiundzwanzig. Sie guckt zu, wie ich mir die Beine rasiere.

Wir hatten viele behaarte Beine auf unserer Station. Frühe Feministinnen.

# DIE ANDERE LISA

Eines Tages kam eine zweite Lisa. Wir riefen sie mit ihrem vollen Namen, Lisa Cody, um sie von der echten Lisa zu unterscheiden, die einfach Lisa blieb, wie eine Königin. Die Lisas wurden Freundinnen. Eine ihrer Lieblingsbeschäftigungen bestand darin, miteinander zu telefonieren.

Die drei Telefonzellen an der doppelt abgeschlossenen Doppeltür waren unsere einzige Rückzugsmöglichkeit. Wir konnten hineingehen und die Tür schließen. Selbst die Verrückteste konnte in einer Telefonzelle sitzen und ein privates Gespräch führen – wenn auch nur mit sich selbst. Die Schwestern hatten für jede von uns eine Liste mit erlaubten Telefonnummern. Wenn wir den Hörer abnahmen, meldete sich eine Schwester.

»Hallo«, sagten wir dann. »Hier ist Georgina« – oder Cynthia oder Polly –, »ich hätte gern die Nummer 555-4270.«

»Die ist nicht auf deiner Liste«, sagte die Schwester. Dann war die Leitung tot.

Aber da war immer noch die stille, staubige Telefonzelle und der altmodische schwarze Hörer mit dem scharfen Rückgrat.

Die Lisas telefonierten miteinander. Jede ging in eine Zelle, zog die Tür zu und brüllte in ihren Hörer. Wenn die Schwester sich meldete, brüllte Lisa: »Aus der Leitung!« Dann unterhielten die Lisas sich weiter. Manchmal brüllten sie Beleidigungen, manchmal brüllten sie sich ihre Pläne für den Tag zu.

»Willst du zum Abendbrot in die Cafeteria rübergehen?« brüllte Lisa Cody.

Aber Lisa hatte Ausgangssperre, daher mußte sie etwas zurückbrüllen wie: »Warum willst du mit den ganzen Psychopathen zusammen diese Pampe fressen?«

Woraufhin Lisa Cody dann brüllte: »Was glaubst du denn, was du bist?«

»Soziopathin!« schrie Lisa stolz.

Lisa Cody hatte noch keine Diagnose.

Cynthia war depressiv; Polly und Georgina waren schizophren; ich hatte eine Charakterstörung. Manchmal sagten sie dazu auch Persönlichkeitsstörung. Als ich meine Diagnose bekam, klang sie nicht schlimm, aber nach einer Weile klang sie bedrohlicher als die der anderen. Ich stellte mir meinen Charakter wie einen Teller oder ein Hemd vor, das nicht richtig hergestellt worden und daher unbrauchbar war.

Nachdem Lisa Cody einen Monat oder so bei uns gewesen war, bekam sie ihre Diagnose. Sie war auch Soziopathin. Sie war glücklich, denn sie wollte in jeder Hinsicht wie Lisa sein. Lisa war weniger glücklich, denn sie war die einzige Soziopathin unter uns gewesen.

»Wir sind sehr selten«, hatte sie mir einmal anvertraut, »und meistens sind wir Männer.«

Nachdem Lisa Cody ihre Diagnose bekommen hatte, fingen die Lisas an, mehr Ärger zu machen.

»Die agieren«, sagten die Schwestern.

Wir wußten, was es war. Die echte Lisa bewies, daß Lisa Cody keine Soziopathin war.

Lisa hamsterte eine Woche lang ihre Schlafpillen, nahm sie dann alle auf einmal und war einen Tag und eine Nacht lang total zu. Lisa Cody schaffte es bloß vier von ihren aufzuheben, und als sie sie schluckte, mußte sie kotzen. Lisa drückte morgens um halb sieben, als die Schwestern gerade Schichtwechsel hatten, eine Zigarette auf ihrem Arm aus. Am gleichen Nachmittag brannte Lisa Cody sich eine winzige Strieme auf ihr Handgelenk und ließ anschließend zwanzig Minuten lang kaltes Wasser darüberlaufen.

Dann trugen sie einen Wettkampf um Lebensgeschichten aus. Lisa brachte aus Lisa Cody heraus, daß sie in Greenwich, Connecticut, aufgewachsen war.

»Greenwich, Connecticut!« Sie spottete: Da konnte doch keine Soziopathin herkommen. »Warst du etwa auch Debütantin?«

Speed, Black Beautys, Koks, Heroin – Lisa hatte alles durchgemacht. Lisa Cody sagte, sie wäre auch Junkie gewesen. Sie krempelte sich den Ärmel auf, um die Einstichstellen zu zeigen: dünne Kratzer entlang der Venen, so als hätte sie sich vor Jahren einmal mit einem Rosenbusch angelegt.

»Ein Vorstadtjunkie«, sagte Lisa. »Gespielt hast du, weiter nichts.«

»Stoff ist Stoff, Mann«, protestierte Lisa Cody.

Lisa krempelte ihren Ärmel bis zum Ellbogen auf und schob Lisa Cody ihren Arm unter die Nase. Er war mit blassen, bräunlichen Klümpchen übersät, knotig und authentisch.

»Das hier«, sagte Lisa, »sind Einstichstellen, Mann. Deine kann man doch vergessen.«

Lisa Cody war geschlagen, aber sie besaß nicht die Klugheit, aufzugeben. Sie setzte sich beim Frühstück und bei den Stationsversammlungen immer noch neben Lisa. In der Telefonzelle wartete sie immer noch auf den Anruf, der nicht kam.

»Ich muß sie loswerden«, sagte Lisa.

»Du bist gemein«, sagte Polly.

»Blöde Ziege«, sagte Lisa.

»Wer?« fragte Cynthia, Pollys Beschützerin.

Aber Lisa machte sich nicht die Mühe, deutlicher zu werden.

Als die Schwestern eines Abends bei Einbruch der Dämmerung die Flure entlanggingen, um die Lichter einzuschalten, die unsere Station so hell und nervtötend machten wie einen Spielsalon, stellten sie fest, daß alle Glühbirnen weg waren. Nicht durchgebrannt, sondern verschwunden.

Wir wußten, wer es gewesen war. Die Frage war: Wo hatte sie die Glühbirnen hingetan? In der Dunkelheit zu suchen war schwierig. Selbst die Glühbirnen in unseren Zimmern waren verschwunden.

»Lisa hat eine echt künstlerische Ader«, sagte Georgina.

»Einfach suchen«, sagte die Oberschwester. »Sucht mal alle mit.«

Lisa saß die Suche im Fernsehraum aus.

Lisa Cody war es, die die Glühbirnen fand, ganz so, wie sie sollte. Sie hatte wahrscheinlich geplant, die Suche ebenfalls auszusitzen, an dem Ort, der Erinnerungen an bessere Tage barg. Sie muß einen Widerstand gespürt haben, als sie versuchte, die Tür aufzuschieben – drinnen lagen Dutzende von Glühbirnen –, aber sie blieb beharrlich, genauso, wie sie mit Lisa beharrlich geblieben war. Das Knirschen und Krachen ließ uns alle den Gang hinunter zu den Telefonzellen flitzen.

»Kaputt«, sagte Lisa Cody.

Alle fragten Lisa, wie sie das gemacht hätte, aber sie sagte nur: »Ich habe einen langen, dünnen Arm.«

Lisa Cody verschwand zwei Tage später. Irgendwo zwischen unserer Station und der Cafeteria schlich sie sich fort. Keiner fand sie je, obwohl die Suche über eine Woche dauerte.

»Sie wurde mit diesem Ort nicht fertig«, sagte Lisa. Und wir horchten auf eine Spur von Neid in ihrer Stimme, hörten aber keine.

Ein paar Monate später riß Lisa wieder aus, während sie zu einer gynäkologischen Untersuchung ins Massachusetts General gebracht wurde: Zwei Tage schaffte sie diesmal. Als sie zurückkam, wirkte sie besonders zufrieden mit sich selbst.

»Ich hab' Lisa Cody gesehen«, sagte sie.

»Oooh«, sagte Georgina. Polly schüttelte den Kopf. »Jetzt ist sie ein echter Junkie«, sagte Lisa lächelnd.

## KONTROLLNUMMER

Wir saßen vor dem Schwesternzimmer auf dem Fußboden und rauchten. Wir saßen gerne da. Auf diese Weise konnten wir die Schwestern im Auge behalten. »Bei Fünf-Minuten-Kontrollen ist es unmöglich«, sagte Georgina.

»Ich hab's gemacht«, sagte Lisa Cody.

»Nee«, sagte die echte Lisa. »Hast du nicht.« Sie hatte gerade ihre Kampagne gegen Lisa Cody gestartet.

»Bei fünfzehn hab' ich's gemacht«, berichtigte Lisa Cody sich.

»Bei fünfzehn vielleicht«, sagte Lisa.

»Bei fünfzehn ist es ja einfach«, sagte Georgina.

»Wade ist jung«, sagte Lisa. »Da kann es bei fünfzehn klappen.«

Ich hatte es noch nicht probiert. Mein Freund hatte sich zwar damit abgefunden, daß ich im Krankenhaus war, und mich besucht, aber die Kontrolle hatte mich erwischt, als ich gerade dabei war, ihm einen zu blasen, und seitdem mußten seine Besuche unter Aufsicht stattfinden. Er besuchte mich nicht mehr.

*Nebenstehend ein Auszug aus dem Schwesternprotokoll.*

*Während ich SK und männlichen Besucher (Mr. Hardy) sorgfältig im Auge behielt, öffnete ich auf meinem Kontrollgang einmal, nachdem höchstens 5 Minuten vergangen waren, die Tür, die einen Spaltbreit offenstand, und beobachtete, wie Mr. Hardy wegging und den Reißverschluß seiner Hose zuzog. SK saß auf dem Fußboden. Mr. Hardy ging kurz darauf fort.*

*25. 5. 67*
*Hat gut geschlafen.*
*Hat Stationsversammlung besucht – bemerkte, daß sie es manchmal für nötig halte, Eiswürfel zu zerbrechen, um ihre Wut loszuwerden. Guckt Fernsehen und besucht V.K. Am frühen Abend still; dann, auf unsere Bitte hin, zeigte sie dem Personal, wie man Papierblumen macht. Wurde allmählich aufgeschlossener und schien Spaß daran zu haben, den Rest des Abends Scharaden zu spielen.*

McLEAN HOSPITAL

Name: S. Kaysen

Medication and Treatment Charting:
1. Enter the entire order.
2. Chart every Medicine given and treatment done.

| Date & Time: | Nursing Notes | Medication and Treatment | A.M. | P.M. |
|---|---|---|---|---|
| | 3-11 30 | | | |
| | While keeping close checks on SK and male visitor (Mr. Hardy) at one point on my round of checks when no more than 5 minutes had gone by I opened the door that was ajar and observed Mr. Hardy walking away and zipping up his pants. SK was sitting on the floor. Mr Hardy left shortly after. [redacted] | | | |
| | 5-25-67 | | | |
| | 11-7 Slept well [redacted] | | | |
| | 7-3 Attended hall meeting - Stated that she found it necessary at times to break ice cubes to get rid of her anger - Watching T.V. and visiting c̄ P.K. [redacted] | Multivit ī cap P.O bid | 8 [illegible] | 6 [illegible] |
| | 3-11 Quiet earlier in evening; then upon request showed staff how to make paper flowers. Gradually became more sociable and seemed to be having a good time playing charades the rest of the evening. [redacted] | | | |

F69-20M-10/63

»Sie haben mich erwischt«, sagte ich. Alle wußten, daß sie mich erwischt hatten, aber ich redete immer wieder davon, denn es ließ mir keine Ruhe.

»Na und?« sagte Lisa. »Die können dich doch.« Sie lachte. »Die dich am Arsch und du ihn am...«

»Ich glaub' nicht, daß er es in fünfzehn Minuten schaffen würde«, beharrte ich.

»Keine Ablenkung. Gleich zur Sache kommen«, sagte Georgina.

»Mit wem vögelst du eigentlich?« wandte Lisa sich an Lisa Cody. Lisa Cody antwortete nicht. »Du vögelst mit keinem«, sagte Lisa.

»Leck mich doch«, sagte Daisy, die gerade vorbeiging. »He, Daisy«, sagte Lisa, »hast du schon mal bei Fünf-Minuten-Kontrollen gevögelt?«

»Ich will diese Arschlöcher hier drin gar nicht vögeln«, sagte Daisy.

»Ausrede«, flüsterte Lisa.

»Du vögelst auch mit keinem«, sagte Lisa Cody.

Lisa grinste. »Georgina leiht mir Wade für einen Nachmittag.«

»Da reichen zehn Minuten«, sagte Georgina.

»Sie haben euch noch nie erwischt?« fragte ich sie.

»Es ist ihnen egal. Sie mögen Wade.«

»Man muß Patienten vögeln«, erläuterte Lisa. »Sieh zu, daß du deinen dämlichen Freund los wirst, und such dir einen Patienten als Freund.«

»Ja, der Freund ist Beschiß«, sagte Georgina.

»Ich finde ihn süß«, sagte Lisa Cody.

»Er macht bloß Ärger«, sagte Lisa.

Ich fing an zu schniefen.

Georgina tätschelte mich. »Er kommt ja nicht mal.«

»Das stimmt«, sagte Lisa. »Er ist süß, aber er kommt nicht zu Besuch. Und wo hat er diesen Akzent her?«

»Er ist Engländer. Er ist in Tunesien aufgewachsen.«

Das waren sehr wichtige Voraussetzungen, um mein Freund zu sein, fand ich.

»Schick ihn dahin zurück«, riet Lisa.

»Ich nehme ihn«, sagte Lisa Cody

»Er kann nicht in fünfzehn Minuten vögeln«, warnte ich sie. »Du müßtest ihm einen blasen.«

»Was auch immer«, sagte Lisa Cody.

»Ab und zu mach' ich das gern«, sagte Lisa.

Georgina schüttelte den Kopf. »Zu salzig.«

»Das stört mich nicht«, sagte ich.

»Habt ihr schon mal einen mit richtig bitterem Geschmack gehabt, so daß es einem den Mund zusammenzieht, wie Zitronen, aber noch schlimmer?« fragte Lisa.

»Irgend 'ne Schwanzentzündung«, sagte Georgina.

»Igittigitt«, sagte Lisa Cody.

»Nee, das ist keine Entzündung«, sagte Lisa. »Manche schmecken einfach so.«

»Wozu brauchen wir sie überhaupt«, sagte ich.

»Wir suchen dir in der Cafeteria einen Neuen«, tröstete Georgina.

»Bringt gleich ein paar mehr mit«, sagte Lisa. Sie hatte immer noch Ausgangssperre.

»Wade kennt bestimmt jemand Nettes«, fuhr Georgina fort.

»Ach, was soll's«, sagte ich. In Wirklichkeit wollte ich keinen verrückten Freund.

Lisa sah mich an. »Ich weiß, was du denkst«, sagte sie, »du willst keinen verrückten Freund, stimmt's?«

Das war mir peinlich, und ich schwieg.

»Du wirst es überstehen«, sagte sie zu mir. »Was bleibt dir denn anderes übrig?«

Alle lachten. Selbst ich mußte lachen.

Die Kontrolle streckte ihren Kopf aus dem Schwesternzimmer und nickte viermal, für jede von uns einmal.

»Halbstündige Kontrollen«, sagte Georgina. »Das wäre gut.«

»Eine Million Dollar wär' auch gut«, sagte Lisa Cody.

»Dieser Ort«, sagte Lisa.

Wir alle seufzten.

## GLAUBEN SIE IHM ODER MIR?

Dieser Arzt sagt, er habe drei Stunden lang mit mir gesprochen. Ich sage, es waren zwanzig Minuten. Zwanzig Minuten, von dem Augenblick an, als ich zur Tür hereinkam, bis zu seinem Entschluß, mich ins McLean zu schicken. Vielleicht habe ich noch eine weitere Stunde in seinem Sprechzimmer verbracht, während er in der Klinik anrief, meine Eltern anrief und das Taxi rief. Anderthalb Stunden sind das längste, was ich ihm zugestehe. Wir können nicht beide recht haben. Spielt es eine Rolle, wer von uns es ist? Für mich spielt es eine Rolle. Aber es zeigt sich, daß ich mich geirrt habe.

Ich habe einen unwiderlegbaren Beweis, die Zeile: »Zeitpunkt der Aufnahme« im Aufnahmebericht der Schwester. Von da aus kann ich alles rekonstruieren. Da steht: 1:30 Uhr nachmittags.

Ich habe gesagt, ich sei früh von zu Hause weggegangen. Aber meine Auffassung von früh reichte möglicherweise bis neun Uhr morgens. Ich hatte die Nacht zum Tage gemacht – das war einer der Punkte, auf denen der Arzt herumritt.

Ich habe gesagt, ich sei vor acht in seiner Praxis gewesen, aber anscheinend habe ich mich damit ebenfalls geirrt.

Ich möchte einen Kompromiß schließen und sagen, daß ich um acht von zu Hause losgegangen bin und eine Stunde für die Fahrt zu einem Termin um neun Uhr gebraucht habe. Zwanzig Minuten später heißt zwanzig nach neun.

Nun wollen wir das Folgende überspringen und uns der Taxifahrt zuwenden. Die Fahrt von Newton nach Belmont dauert etwa eine halbe Stunde. Und ich erinnere mich, daß ich im Verwaltungsgebäude fünfzehn Minuten darauf gewartet habe, mein Aufnahmegesuch zu unterschreiben. Zählen Sie weitere fünfzehn Minuten Bürokratie dazu, bis ich zu der Schwester gelangte, die jenen Bericht schrieb. Das macht insgesamt eine Stunde, was bedeutet, daß ich um halb eins beim Arzt losfuhr.

Und da haben wir es, zwischen neun Uhr zwanzig und zwölf Uhr dreißig – ein dreistündiges Gespräch!

Ich glaube immer noch, daß ich recht habe. Wenn etwas zählt, habe ich recht.

Aber jetzt glauben Sie ihm.

Nicht so schnell. Ich habe noch mehr Beweismaterial. Das Aufnahmeblatt, das von dem Arzt ausgefüllt wurde, der meinen Fall betreute und der offensichtlich eine ausführliche Krankengeschichte aufnahm, bevor ich zu der Krankenschwester kam. In der oberen rechten Ecke, in der Zeile »Zeitpunkt der Aufnahme«, steht: 11:30 Uhr.

Lassen Sie mich noch einmal rekonstruieren.

Wenn wir die halbe Stunde abziehen, die ich auf die Aufnahme gewartet und mich durch die Formalitäten gekämpft habe, sind wir bei elf Uhr. Wenn wir die halbstündige Taxifahrt abziehen, kommen wir auf zehn Uhr dreißig. Wenn wir die Stunde abziehen, die ich gewartet habe, während der Arzt telefonierte, sind wir bei neun Uhr dreißig. Wenn wir annehmen, daß ich um acht Uhr von zu Hause aufgebrochen bin, damit ich um neun Uhr bei meinem Termin bin, ergibt das ein Gespräch von einer halben Stunde.

Da haben wir es, zwischen neun und halb zehn. Um zehn Minuten will ich mich nicht streiten.

Jetzt glauben Sie mir.

*Schwesternbericht über Patient bei der Aufnahme*

*Hier geht es vor allem um den Zeitpunkt der Aufnahme: 1.30 Uhr.*
*Im weiteren wird die äußere Erscheinung der Patientin beschrieben: weiß, weiblich, 18 Jahre, dunkles Gesicht, Haar dunkelbraun, 1,50 m groß, zierlich, einfach gekleidet (schwarzer Rock, lila Pullover), kein Schmuck, ordentlich, keine Narben oder besonderen Kennzeichen – trug einen Navy-Mantel. Zum Verhalten ist angegeben: Wirkte ängstlich und schüchtern, sprach angemessen, weinte einmal während des kurzen Zusammenseins mit der Schwester – schien entspannt, keine äußeren Zeichen von übermäßiger Nervosität.*

*Dann folgen die Daten der körperlichen Untersuchung und schließlich Bemerkungen der zuständigen Schwester: sehr depressive, verzweifelte junge Dame. Ziemlich angespannt und weint leicht, obwohl sie sich sehr bemüht, die Fassung zu bewahren. Sehr kooperativ. Spricht lange über Vergangenheit und Gegenwart.*

# McLean Hospital

F-73

## NURSE'S REPORT OF PATIENT ON ADMISSION

Name: Kaysen Susanna  Date: 4/27/67

Time Admitted: 1:30 pm  How? Ambulatory ✓ Stretcher ____ (Check One)  Ward: ~~S/B II~~

Appearance: white female 18 years complexion dark
(Note scars, bruises, wounds, etc.)
hair: dk brown height 5 ft small boned, – dressed simple, (black skirt & purple sweater) no jewelry, neat, no scars or distinguishing marks – was wearing Navy P-coat.

Behavior: Appeared scared and shy, talked appropriately did
(Active, talkative, depressed, etc.)
cry once during brief encounter c̄ staff member – seemed relaxed no outward signs of excess nervousness

Temperature: 99²  Pulse: 80  Respiration: 16

Blood Pressure: 118/58  Height: 60" – 5'  Weight: 96½

Admitting Tub Bath: not given –

Admitting Nurse: [redacted] S/N

Remarks by Nurse in Charge: Very depressed, desparate young lady. Quite tense & cries easily altho tries very hard to maintain composure. Very cooperative. Talking at grt. lengths of past & present history.

[redacted] R.N.
(Nurse in Charge)

Date: 5/2/67
(By Supervisor)

[redacted]
(Supervisor)

*Aufnahmenotiz*

*Wichtig ist hier der Zeitpunkt der Aufnahme oben rechts: 11.30 Uhr vormittags.*

BELMONT, MASSACHUSETTS

Hospital #22 201

# ADMISSION NOTE

Hour of Adm: 11:30am

Kaysen, Susanna
NAME OF PATIENT

April 27, 1967
DATE

SB II
HALL

Age: 18 Sex: Female Marital Status: Single Religion: Jewish Occupation: Student ?

Legal Status: Voluntary

Previous Mental Hospital Admission: None

Accompanied by: Alone

Assigned to: Dr. [redacted]

## ZÄHFLÜSSIGKEIT UND SCHNELLIGKEIT

Geisteskrankheit gibt es in zwei Grundformen: langsam und schnell.

Ich spreche hier nicht über Ausbruch oder Dauer. Ich meine die Qualität der Geisteskrankheit, das alltägliche Beklopptsein.

Es gibt eine Menge Namen: Depression, Katatonie, Manie, Angst, Erregung. Sie sagen nicht viel aus.

Die vorherrschende Eigenschaft der langsamen Form ist Zähflüssigkeit.

Die Erfahrung ist dickflüssig. Wahrnehmungen sind eingedickt und getrübt. Die Zeit vergeht langsam, tropft durch den verstopften Filter der eingedickten Wahrnehmung. Die Körpertemperatur ist niedrig. Der Puls ist träge. Das Immunsystem schläft halb. Der Organismus ist apathisch. Selbst die Reflexe sind schwächer als sonst, so, als könnte der Unterschenkel sich nicht dazu aufraffen, aus seiner Lethargie herauszuschnellen, wenn jemand gegen das Knie klopft.

Zähflüssigkeit tritt auf der Zellebene auf. Und Schnelligkeit auch.

Im Gegensatz zum zellulären Koma der Zähflüssigkeit stattet die Geschwindigkeit jedes Blutplättchen und jede Muskelfaser mit einem eigenen Verstand aus, einer Möglichkeit, das eigene Verhalten zu erkennen und zu kommentieren. Es gibt zu viele Wahrnehmungen und hinter der Überfülle an Wahrnehmungen eine Überfülle an Gedanken über die Wahrnehmungen und über die Tatsache, daß man Wahrnehmungen hat. Die Verdauung könnte einen umbringen! Damit meine ich, daß das unaufhörliche Bewußtsein von den Verdauungsvorgängen einen zu Tode erschöpfen könnte. Und die Verdauung ist bloß eine unfreiwillige Nebenbeschäftigung neben dem Denken, und damit fangen die eigentlichen Probleme an.

Nehmen wir einen Gedanken – irgendeinen, es spielt keine Rolle. Ich bin müde, weil ich die ganze Zeit hier vor dem Schwesternzimmer herumgesessen habe: ein vollkommen vernünftiger Gedanke. Und die Schnelligkeit macht daraus Folgendes:

Zuerst den Satz aufgliedern: *Ich bin müde* – bist du denn wirklich müde, richtig müde? Ist das wie Schläfrigkeit? Du mußt alle deine Körperteile auf Schläfrigkeit hin überprüfen, und während du das tust, wirst du von Bildern für Schläfrigkeit überschüttet, etwa so: Kopf fällt aufs Kopfkissen; Kopf sinkt ins Kissen ein; Schlaf, Kindchen, schlaf; Little Nemo, der sich den Schlaf aus den Augen reibt; ein Meerungeheuer. Huch, ein Meerungeheuer! Wenn du Glück hast, kannst du dem Meerungeheuer aus dem Weg gehen und bei der Schläfrigkeit bleiben. Zurück zum Kopfkissen, Erinnerungen, wie du mit fünf Jahren Mumps hattest, Empfindungen von geschwollenen Backen auf Kissen und Schmerzen bei der Speichelabsonderung – halt. Zurück zur Schläfrigkeit.

Aber die Vorstellung von der Speichelabsonderung ist zu verführerisch, und jetzt findet ein Ausflug in den Mund statt. Du bist schon mal hier gewesen, und es ist schlimm. Es ist die Zunge: Sobald man an die Zunge denkt, wird sie zum Störenfried. Warum ist die Zunge so groß? Warum ist sie an den Rändern rauh? Ist das Vitaminmangel? Könnte man die Zunge entfernen? Würde der Mund ohne sie nicht weniger Ärger machen? Es wäre mehr Platz da drin. Die Zunge, nein, jede Zelle der Zunge ist riesengroß. Sie ist ein ungeheurer, fremder Gegenstand in deinem Mund.

In dem Versuch, die Größe der Zunge zu verringern, richtest du deine Aufmerksamkeit auf ihre Bestandteile: Spitze, glatt; Rücken, hubbelig; Ränder, rauh, wie schon bemerkt (Vitaminmangel); Wurzel – Problem. An der Zunge sind Wurzeln. Du hast sie gesehen, und wenn du den Finger in den Mund steckst, kannst du sie fühlen, aber mit der Zunge selbst kannst du sie nicht fühlen. Es ist ein Paradox.

Paradox. Der Igel und der Hase. Die Zunge und die Wurzel. Achilles und die was? Die Zähne? Die Sehne? Die Zunge?

Zurück zur Zunge. Während du nicht an sie gedacht hast, ist sie ein bißchen kleiner geworden. Aber an sie zu denken macht sie wieder groß. Warum ist sie am Rand rauh? Ist das Vitaminmangel? Du hast diese Gedanken schon einmal gedacht, aber jetzt sind sie an deiner Zunge festgeheftet. Sie haften an der Existenz deiner Zunge.

Das alles hat weniger als eine Minute gedauert, und da ist noch der Rest des Satzes, der analysiert werden muß. Und eigentlich wolltest du nur entscheiden, ob du jetzt aufstehst oder nicht.

Zähflüssigkeit und Schnelligkeit sind Gegensätze, aber sie können gleich aussehen. Zähflüssigkeit verursacht die Reglosigkeit der Unlust, Geschwindigkeit verursacht die Reglosigkeit der Faszination. Ein Beobachter kann nicht entscheiden, ob ein Mensch stumm und reglos ist, weil sein Innenleben abgestorben ist oder weil die Lebhaftigkeit seines Innenlebens ihn erstarren läßt.

Beiden gemeinsam sind sich ständig wiederholende Gedanken. Erlebnisse erscheinen wie vorher auf Band aufgenommen, stilisiert. Bestimmte Gedankenmuster verbinden sich mit bestimmten Bewegungen oder Handlungen, und bevor man sich's versieht, ist es unmöglich, sich dieser oder jener Bewegung oder Handlung zu nähern, ohne eine Lawine von vorgedachten Gedanken auszulösen.

Eine lethargische Lawine synthetischer Gedanken

kann Tage brauchen, um niederzugehen. Die stumme Lähmung der Zähflüssigkeit stammt zum Teil daher, daß man jede Einzelheit bereits im voraus kennt und darauf warten muß, daß sie eintritt. Da kommt der Gedanke. *Ich tauge nichts.* Der reicht für heute. Den ganzen Tag das penetrante Tröpfeln von *Ich tauge nichts.* Der nächste Gedanke, am nächsten Tag, ist *Ich bin der Todesengel.* Hinter diesem Gedanken liegt eine glitzernde Weite aus Panik, die unerreichbar ist. Die Zähflüssigkeit bremst das Überschäumen der Panik.

Diese Gedanken haben keine Bedeutung. Es sind idiotische Mantras, die sich in einem vorgegebenen Kreis wiederholen: *Ich tauge nichts, Ich bin der Todesengel, Ich bin dumm, Ich kann nichts.* Durch das Denken des ersten Gedankens wird der gesamte Kreislauf in Gang gesetzt. Es ist wie bei einer Grippe: zuerst Halsschmerzen, dann, unausweichlich, eine verstopfte Nase und Husten.

Früher einmal müssen diese Gedanken eine Bedeutung gehabt haben. Sie müssen bedeutet haben, was sie aussagten. Aber die Wiederholung hat sie abstumpfen lassen. Sie sind Hintergrundmusik geworden, ein Potpourri aus Themen des Selbsthasses.

Was ist schlimmer, Überbelastung oder Unterbelastung? Glücklicherweise brauchte ich nie zu wählen. Eins von beiden setzte sich immer durch, jagte oder tröpfelte durch mich hindurch und zog weiter.

Zog weiter wohin? Zurück in meine Zellen, um sich wie ein Virus, der auf die nächste Gelegenheit wartet, auf die Lauer zu legen? Hinaus in den Äther, um auf die Umstände zu warten, die es zum Wiedererscheinen veranlassen würden? Endogen oder exogen, angeboren oder erworben – das ist das große Geheimnis der Geisteskrankheit.

SICHERHEITSFENSTER

»Ich brauche frische Luft«, sagte Lisa. Wir saßen vor dem Schwesternzimmer auf dem Fußboden, wie immer.

Daisy kam vorbei.

»Gib mir mal 'ne Zigarette«, sagte sie.

»Rauch deine eigenen, blöde Kuh«, sagte Lisa. Dann gab sie ihr eine.

»Widerliche Zigarette«, sagte Daisy. Lisa rauchte Kools.

»Ich brauche frische Luft«, wiederholte Lisa. Sie drückte ihre Zigarette auf dem braun und beige gesprenkelten Teppich aus und stand auf. »He!« Sie streckte den Kopf durch die offene obere Hälfte der quergeteilten Tür ins Schwesternzimmer. »Ich brauche frische Luft, verdammt noch mal.«

»Sofort, Lisa«, sagte eine Stimme von drinnen.

»Jetzt!« Lisa hämmerte auf der breiten Kante, die die obere Türhälfte von der unteren trennte, herum. »Das ist illegal. Man darf jemanden nicht monatelang in einem Haus festhalten. Ich rufe meinen Anwalt an.« Lisa drohte oft damit, ihren Anwalt anzurufen. Sie hatte einen vom Gericht ernannten Rechtsanwalt, etwa sechsundzwanzig, gutaussehend, mit Mandelaugen. Er hatte nicht verhindern können, daß sie eingewiesen wurde. Er hieß Irwin. Lisa behauptete, sie hätte im Gericht, im Besprechungszimmer für Anwälte und Klienten, ein paarmal mit ihm gevögelt.

Immer wenn Lisa damit drohte, ihren Anwalt anzurufen, schaltete sich die Oberschwester ein.

Jetzt kam sie heraus und lehnte sich auf die Türkante. »Was gibt's, Lisa?« sagte sie. Es klang müde.

»Ich will frische Luft, verdammt noch mal.«

»Du brauchst nicht zu schreien«, sagte die Oberschwester.

»Und wie zum Teufel soll ich mich sonst an diesem Ort hier bemerkbar machen?« Lisa nannte das Krankenhaus immer »diesen Ort«.

»Ich stehe jetzt direkt vor dir«, sagte die Oberschwester. »Ich höre dir zu.«

»Dann wissen Sie, was ich will.«

»Ich sage einer Hilfe, daß sie dein Fenster öffnen soll«, sagte die Oberschwester.

»Fenster«, sagte Lisa. Sie drehte sich kurz um, um uns anzusehen. »Die Scheißfenster interessieren mich nicht.« Sie schlug wieder auf die Kante. Die Oberschwester wich etwas zurück.

»Entweder Fenster oder gar nichts, Lisa«, sagte sie.

»Fenster oder gar nichts«, sang Lisa vor sich hin. Sie

ging ein paar Schritte den Gang hinunter, so daß wir alle, samt der Oberschwester, sie sehen konnten.

»Ich würde gerne mal sehen, wie Sie mit diesem Ort hier klarkämen, nie raus, nie frische Luft auch nur *atmen,* nie selbst dein Scheißfenster aufmachen können, mit einem Haufen von schwulen Fotzen, die dich rumkommandieren. Valerie, Zeit zum Mittagessen, Valerie, du brauchst nicht zu schreien, Valerie, Zeit für dein Schlafmittel, Valerie, hör auf, rumzuagieren. Kapieren Sie? Ich meine, wie würden Sie wohl damit klarkommen, hm?«

Die Oberschwester hieß Valerie.

»Ich meine, Sie würden es an diesem Ort keine zehn Minuten aushalten.«

»Arschloch«, sagte Daisy.

»Dich hat keiner gefragt!« Lisa zeigte auf Daisy.

»Gib mir mal 'ne Zigarette«, sagte Daisy.

»Rauch deine eigenen«, sagte Lisa. Sie wandte sich an die Oberschwester. »Ich rufe meinen Anwalt an.«

»Gut«, sagte die Oberschwester. Sie war ganz schön clever.

»Glauben Sie, ich hätte keine Rechte? Das glauben Sie wohl, was?«

»Soll ich das Gespräch durchstellen?«

Lisa machte eine wegwerfende Armbewegung. »Nee«, sagte sie. »Nee, machen Sie das Fenster auf.«

»Judy«, sagte die Oberschwester. Das war eine junge blonde Stationshilfe, die wir mit Vergnügen quälten.

»Valerie!« schrie Lisa. Sie nannte die Oberschwester nur Valerie, wenn sie aufgeregt war. »Valerie, ich will, daß *Sie* mein Fenster aufmachen.«

»Ich habe zu tun, Lisa.«

»Ich rufe meinen Anwalt an.«

»Judy kann das machen.«

»Ich will diese verdammte schwule Fotze nicht in meinem Zimmer haben.«

»Ach, du nervst mich«, sagte die Oberschwester. Sie drückte auf den Summer, der die untere Hälfte der Tür entriegelte, und kam zu uns auf den Gang heraus.

Lisa lächelte.

Um ein Fenster zu öffnen, mußte jemand vom Pflegepersonal das Sicherheitsfenster aufschließen, das aus einem dichten, undurchdringlichen Maschendraht in einem Stahlrahmen bestand, dann das schwere, unzerbrechliche Glasfenster hochschieben, dann das Sicherheitsfenster wieder zumachen und wieder abschließen. Das dauerte etwa drei Minuten und war schwere Arbeit. Solche Sachen machten die Stationshilfen. Wenn das Fenster offen war, konnte zwischen den Maschen des Sicherheitsfensters hindurch Luft ins Zimmer gelangen, falls es ein windiger Tag war.

Die Oberschwester kam aus Lisas Zimmer zurück, leicht gerötet von der Anstrengung. »Okay«, sagte sie. Sie klopfte an die Tür des Schwesternzimmers, damit jemand auf den Summer drückte und sie wieder hineinließ.

Lisa zündete sich eine neue Zigarette an.

»Dein Fenster ist offen«, sagte die Oberschwester.

»Das weiß ich wohl«, sagte Lisa.

»Du willst nicht mal da reingehen, was?« Die Oberschwester seufzte.

»He, Mann«, sagte Lisa, »das vertreibt einem die Zeit.« Sie hielt das heiße Ende ihrer Zigarette eine Sekunde lang auf ihren Arm. »Ich meine, dafür sind zwanzig Minuten draufgegangen, vielleicht sogar 'ne halbe Stunde.«

Der Summer ertönte, die Oberschwester öffnete die Tür, ging hinein und stützte sich wieder auf die Türkante.

»Ja, es vertreibt einem wirklich die Zeit«, sagte sie.

»Gib mir mal 'ne Zigarette«, sagte Daisy

»Rauch deine eigenen, blöde Kuh«, sagte Lisa. Dann gab sie ihr eine.

## HÜTER

Valerie war um die dreißig. Sie war groß und hatte spitz zulaufende Arme und Beine. Sie sah Lisa sehr ähnlich, war allerdings blond. Sie hatten beide schmale, lange Hüften und waren gelenkig. Lisa konnte sich gut in Sesseln und Ecken zusammenrollen, und Valerie auch. Wenn eine von uns durcheinander war und sich zwischen einen Heizkörper und eine Wand oder hinter eine Badewanne oder in irgendein anderes sicheres Eckchen geklemmt hatte, konnte Valerie sich zu einem kompakten Paket zusammenrollen und sich neben sie setzen.

Valeries blondes Haar war schön, aber sie hielt es in einem Zopf versteckt, den sie auf dem Hinterkopf aufdrehte. Dieser Zopfknoten löste sich nie auf und verrutschte auch nie. Nur selten konnte man Valerie dazu herumkriegen, den Knoten aufzumachen und uns den Zopf zu zeigen, der ihr bis zur Taille reichte. Allein Lisa konnte sie dazu überreden. Den Zopf löste sie jedoch nie auf, obwohl wir sie darum baten.

Valerie war strikt und unbeugsam, und sie war die

einzige Schwester, der wir vertrauten. Wir vertrauten ihr, weil sie keine Angst vor uns hatte. Vor Ärzten hatte sie auch keine Angst. Sie machte nie viele Worte, und auch deswegen mochten wir sie.

Wir mußten uns an dem Ort viel Gerede anhören. Jede von uns hatte pro Tag drei Arzttermine: bei der Stationsärztin, beim Assistenzarzt und bei unserem jeweiligen Therapeuten. Meistens mußten wir uns zwar unser eigenes Gerede anhören, wenn wir mit diesen Ärzten sprachen, aber sie selbst redeten auch ziemlich viel. Sie hatten eine besondere Sprache: *Regression, agieren, Feindseligkeit, Verschlossenheit, ein Verhalten zeigen.* Dieser letzte Ausdruck konnte mit jeder Aktivität verbunden werden und sie verdächtig klingen lassen: Eßverhalten, Sprechverhalten, Schreibverhalten zeigen. In der Welt draußen aßen und sprachen und schrieben die Leute einfach, aber was wir taten, war nie einfach.

Valerie war eine Wohltat dagegen. Der einzige Ausdruck, den sie benutzte, war *agieren,* und sie benutzte ihn richtig, in der Bedeutung »mir auf die Nerven gehen und mich zum Wahnsinn treiben«. Sie sagte Sachen wie »laß das« und »du bist eine Nervensäge«. Sie sagte, was sie meinte, genauso wie wir.

Die Ärzte waren Männer; die Schwestern und Stationshilfen waren Frauen. Es gab zwei Ausnahmen: Jerry, der Pflegehelfer, und Frau Dr. Wick. Jerry war schlaksig und sorgenvoll. Er hatte einen guten Trick.

Ab und zu durfte eine mit viel Ausgang das Krankenhaus per Taxi verlassen. Sie sagte dann: »Jerry, ruf mir ein Taxi«, und Jerry legte die Hände an den Mund und rief laut den Gang hinunter: »Taxi!« Wir waren begeistert.

Mit Frau Dr. Wick war es eine Sache für sich. Sie war unsere Stationsärztin, die Stationsärztin von South Belknap Zwei. Die Stationen hatten Namen wie in Internaten, zum Beispiel East House und South Belknap, und Frau Dr. Wick hätte eine gute Internatsleiterin abgegeben. Sie kam aus Rhodesien und sah aus wie der Geist eines Pferdes. Wenn sie sprach, klang sie auch ein bißchen wie ein Pferd. Sie hatte eine tiefe, gurgelnde Stimme, und ihr kolonialenglischer Akzent gab ihren Sätzen eine wiehernde Melodie.

Frau Dr. Wick schien von amerikanischer Kultur vollkommen unbeleckt zu sein, daher war es sonderbar, daß man ihr die Leitung einer Station für weibliche Jugendliche übertragen hatte. Außerdem konnte man sie mit sexuellen Dingen leicht schockieren. Ein Wort wie *vögeln* ließ ihr bleiches Pferdegesicht erröten; es errötete oft, wenn sie mit uns zusammen war.

Eine typische Unterhaltung mit Frau Dr. Wick:

»Guten Morgen. Man ist zu dem Schluß gekommen, daß Sie zwanghaft promiskuitiv waren. Möchten Sie mir mehr darüber erzählen?«

»Nein.« Das ist die beste von mehreren schlechten Antworten, zu diesem Schluß bin ich gekommen.

»Zum Beispiel die Verbindung zu Ihrem Englischlehrer auf der High-School.« Frau Dr. Wick benutzt immer Wörter wie *Verbindung.*

»Hm?«

»Möchten Sie mir mehr darüber erzählen?«

»Hm. Also gut. Er ist mit mir nach New York gefahren.« Das war, als ich merkte, daß er sich für mich interessierte. Er hatte mir ein wundervolles vegetarisches Mittagessen mitgebracht. »Aber da war es nicht.«

»Was? Was war da nicht?«

»Da haben wir nicht gevögelt.«

(Erröten.) »Weiter.«

»Wir sind ins Frick gegangen. Ich war noch nie dagewesen. Da hing dieser Vermeer, wissen Sie, dieses erstaunliche Gemälde von einem Mädchen, das eine Musikstunde hat – ich konnte gar nicht fassen, wie erstaunlich es war.«

»Und wann haben Sie also – äh – wann war das?«

Will sie über den Vermeer nichts hören? Das ist das, woran ich mich erinnere.

»Was?«

»Die – äh – Verbindung. Wie hat es begonnen?«

»Ach so, später, zu Hause.« Plötzlich weiß ich, was sie will. »Ich war bei ihm zu Hause. Wir haben uns immer alle bei ihm getroffen, um Gedichte zu lesen. Und die anderen waren gegangen, daher saßen nur noch wir beide allein auf dem Sofa. Und er hat gefragt: ›Willst du vögeln?‹«

(Erröten.) »Er hat dieses Wort verwendet?«

»Japp.« Stimmt nicht. Er hat mich geküßt. Und in New York hatte er mich auch geküßt. Aber warum sollte ich sie enttäuschen?

Das nannte man Therapie.

Zum Glück mußte Frau Dr. Wick sich um eine ganze Menge Mädchen kümmern, deswegen war die Therapie bei ihr kurz, vielleicht fünf Minuten pro Tag. Aber in ihrem Kielwasser kam der Assistenzarzt.

Zwischen Frau Dr. Wicks Gehen und der Ankunft des Assistenzarztes gab es ein paar Minuten Verschnaufpause. Während dieser Zeit konnten wir uns etwas Neues überlegen oder Beschwerden formulieren. Die Assistenzärzte waren für Ausgang, Medikamente und Telefonieren zuständig – für die alltäglichen Angelegenheiten, die nicht wichtig genug waren, als daß Frau Dr. Wick sich damit beschäftigt hätte.

Die Assistenzärzte wechselten alle sechs Monate. Wir hatten gerade angefangen, herauszukriegen, wie man mit einem Assistenzarzt fertig wurde, da wurde er uns auch schon entrissen und durch einen neuen, undurchschaubaren Assistenzarzt ersetzt. Sie fingen knallhart an, und wenn sie aufhörten, waren sie erschöpft und fertig. Ein paar fingen mit Mitgefühl an; sie waren voller Bitterkeit, wenn sie aufhörten, denn wir nutzten sie aus.

Eine typische Unterhaltung mit einem Assistenzarzt: »Guten Morgen. Was macht Ihre Verdauung?«

»Ich will nicht mehr Ausgang in Gruppe haben. Ich möchte Ausgang mit Ziel.«

»Haben Sie manchmal Kopfschmerzen?«

»Ich hab' schon seit sechs Monaten Ausgang in Gruppe!«

»Die Oberschwester hat gesagt, Sie hätten gestern nach dem Mittagessen agiert.«

»Das hat sie sich ausgedacht.«

»Hm. Feindseligkeit.« Er kritzelt etwas in ein Heft.

»Können Sie mir statt Aspirin Tylenol verordnen?«

»Da besteht kein Unterschied.«

»Von Aspirin kriege ich Magenschmerzen.«

»Haben Sie denn Kopfschmerzen?«

»Nur für den Fall, daß ich welche habe.«

»Hmmmm. Hypochondrie.« Er kritzelt wieder.

Aber Stationsärztin und Assistenzarzt waren Vorspeisen. Der Hauptgang war der Therapeut.

Die meisten von uns gingen jeden Tag zu ihrem Therapeuten. Cynthia nicht; sie hatte zweimal in der Woche Therapie und einmal Schocktherapie. Und Lisa ging gar nicht zur Therapie. Sie hatte zwar einen Therapeuten, aber er benutzte ihre Stunde, um ein Nickerchen zu machen. Wenn sie sich ganz besonders langweilte, verlangte sie, zu seinem Sprechzimmer gebracht zu werden, wo sie ihn schlafend in seinem Sessel fand. »Erwischt!« sagte sie dann und kam wieder auf die Station zurück. Wir anderen latschten Tag für Tag los, um die Vergangenheit auszugraben.

Die Therapeuten hatten nichts mit unserem Alltagsleben zu tun.

»Sprechen Sie nicht über die Klinik«, sagte mein Therapeut, wenn ich mich über Daisy oder über eine dämliche Schwester beklagte. »Wir sind nicht hier, um über die Klinik zu sprechen.«

Sie konnten Ausgang weder genehmigen noch streichen, konnten uns weder helfen, stinkende Zimmergenossinnen loszuwerden, noch dafür sorgen, daß Stationshilfen uns nicht mehr nervten. Die einzige Macht, die sie hatten, bestand darin, uns mit Tabletten vollzupumpen. Thorazine, Stelazine, Melleril, Librium, Valium: die Freunde der Therapeuten. Der Assistenzarzt konnte uns das Zeug auch verordnen, in einem »akuten« Fall. Wenn wir es einmal nahmen, war es schwer, wieder davon herunterzukommen. Ein bißchen ähnlich wie bei Heroin, außer daß in diesem Fall das Pflegepersonal süchtig danach wurde, daß wir es nahmen.

»Es geht Ihnen wirklich gut«, sagte zum Beispiel der Assistenzarzt.

Das lag daran, daß diese Sachen uns jeden Lebensmut austrieben.

Ein halbes Dutzend Schwestern, einschließlich Valerie, und ein oder zwei Stationshilfen hatten Tagesdienst. Die Nachtschicht bestand aus drei gemütlichen, vollbusigen Irinnen, die »Schätzchen« zu uns sagten. Gelegentlich war auch eine gemütliche, vollbusige Schwarze da, die »Süße« zu uns sagte. Die Nachtschicht nahm uns in die Arme, wenn wir das brauchten. Die Tagschicht hielt sich an die Regel: Kein körperlicher Kontakt.

Zwischen Tag und Nacht gab es eine dunkle Welt, die Abend hieß und um Viertel nach drei begann, wenn die Tagschicht sich in den Aufenthaltsraum zurückzog, um mit der Abendschicht über uns zu tratschen. Um halb vier tauchten alle wieder auf. Die Machtübergabe hatte stattgefunden. Von da an bis elf, wenn die gemütlichen Frauen das Ruder übernahmen, waren wir in Mrs. McWeeneys Händen.

Vielleicht war es Mrs. McWeeney, die die Dämmerung zu einer so gefährlichen Zeit machte. Ganz gleich, welche Jahreszeit es war, die Dämmerung begann um Viertel nach drei mit ihrer Ankunft.

Mrs. McWeeney war dürr, streng, klein und hatte Schweinsaugen. Wenn Frau Dr. Wick eine verkleidete Internatsleiterin war, dann war Mrs. McWeeney eine unverkleidete Gefängnisvorsteherin. Sie hatte hartes, graues Haar, und die Dauerwellen hielten ihre Kopfhaut wie eine Migräne gepackt. Die Tagesschwestern trugen, Valeries Vorbild folgend, offene Schwesternkittel über ihrer Straßenkleidung. Eine derartige Formlosigkeit gab es bei Mrs. McWeeney nicht. Sie trug eine knisternde weiße Schwesterntracht und Schuhe mit gerippten Gummisohlen, die sie jede Woche weiß anstrich; wir konnten zusehen, wie die Farbe zwischen Montag und Freitag Risse bekam und abblätterte.

Mrs. McWeeney und Valerie vertrugen sich nicht. Das war faszinierend, so, als wenn man einen Streit der Eltern mit anhört. Mrs. McWeeney begutachtete Valeries Kleidung und Frisur mit dem gleichen mißbilligenden Blick, den sie uns zuwarf, und schlug vor Ungeduld die Zähne zusammen, während Valerie ihren Mantel und ihre Handtasche zusammensuchte und um drei Uhr dreißig das Schwesternzimmer verließ. Valerie ignorierte Mrs. McWeeney. Valerie brachte es fertig, Menschen auf offensichtliche Weise zu ignorieren. Solange Valerie auf der Station war, fühlten wir uns in unserem Haß auf Mrs. McWeeney sicher. Aber sobald ihr langer, spitz zulaufender Rücken den Gang hinunter und durch die doppelt abgeschlossenen Doppeltüren verschwunden war, überkam uns Schwermut, die mit Angst durchzogen war: jetzt war Mrs. McWeeney an der Macht.

Ihre Macht war nicht absolut, aber fast. Sie teilte sie mit einem geheimnisvollen Bereitschaftsarzt. Sie rief ihn nie. »Damit werde ich schon fertig«, sagte sie.

Sie hatte mehr Vertrauen zu ihrer Fähigkeit, mit allem fertigzuwerden, als wir. Viele Abende lang wurde darüber gestritten, ob der Bereitschaftsarzt in Erscheinung treten sollte.

»Viele Köche verderben den Brei«, sagte Mrs. McWeeney etwa zehnmal pro Abend. Sie besaß einen endlosen Vorrat an abgedroschenen Phrasen.

Wenn Mrs. McWeeney sagte: »Viele Köche verderben den Brei« oder »Hunde, die bellen, beißen nicht« oder »Freunde in der Not gehen tausend auf ein Lot«, erschien ein schwaches, aber entzücktes Grinsen auf ihrem Gesicht. Sie war eindeutig verrückt. Acht Stunden am Tag waren wir mit einer Verrückten eingesperrt, die uns haßte.

Mrs. McWeeney war unberechenbar. Ohne jeden Anlaß verzerrte sich ihr Gesicht, während sie die Medikamente zum Schlafengehen austeilte, und sie stürmte wortlos zurück ins Schwesternzimmer. Dann mußten wir auf unsere abendlichen Mickey Finns warten, bis sie sich wieder beruhigt hatte; manchmal warteten wir eine halbe Stunde lang.

Jeden Morgen beschwerten wir uns bei Valerie über Mrs. McWeeney, sagten allerdings nie etwas davon, daß wir auf unsere Medikamente warteten. Wir wußten, daß Mrs. McWeeney eine Verrückte war, die sich ihren Lebensunterhalt verdienen mußte. Es ging uns nicht darum, daß sie ihre Arbeit verlor; wir wollten sie nur von unserer Station weghaben.

Valerie hatte kein Verständnis für unsere Beschwerden. »Mrs. McWeeney ist ausgebildete Krankenschwester«, sagte sie. »Sie macht das hier schon viel länger als ich.«

»Na und?« sagte Georgina.

»Sie ist komplett verrückt«, schrie Lisa.

»Du brauchst nicht zu schreien, Lisa – ich stehe direkt vor dir«, sagte Valerie.

Wir alle schützten Mrs. McWeeney auf die eine oder andere Weise.

Mrs. McWeeney war nicht die einzige, die Schutz brauchte.

Ab und zu gab es einen Zustrom von Schwesternschülerinnen. Sie waren auf der Wanderung und zogen auf ihrem Weg zu Operationssälen und kardiologischen Stationen durch unser Krankenhaus. Sie folgten den richtigen Krankenschwestern schwarmweise, stellten Fragen und waren im Weg. »Oh, diese Tiffany! Sie hängt an mir wie eine Klette«, beklagten sich die Schwestern. Dann hatten wir die Gelegenheit zu sagen: »Ätzend, was? Wenn jemand einem die ganze Zeit nachläuft.« In diesem Punkt mußten die Schwestern uns recht geben.

Die Schwesternschülerinnen waren etwa neunzehn oder zwanzig: in unserem Alter. Sie hatten saubere, eifrige Gesichter und saubere, gebügelte Schwesterntrachten. Ihre Unschuld und Unfähigkeit erweckten Mitleid bei uns, anders als die Unfähigkeit von Stationshilfen, die bei uns Verachtung erweckte. Das lag zum Teil daran, daß Schwesternschülerinnen nur ein paar Wochen blieben, während Hilfen jahrelang unfähig waren. Hauptsächlich kam es jedoch daher, daß wir, wenn wir die Schwesternschülerinnen ansahen, alternative Versionen von uns selbst erblickten. Sie lebten Leben, die wir vielleicht hätten leben können, wenn wir nicht damit beschäftigt gewesen wären, Patientinnen in der Psychiatrie zu sein. Sie wohnten in Wohngemeinschaften und hatten Freunde und redeten über Kleider. Wir wollten sie schützen, damit sie diese Leben weiterleben konnten. Sie waren unsere Stellvertreterinnen.

Sie unterhielten sich sehr gerne mit uns. Wir fragten sie, welche Filme sie gesehen hatten und wie sie ihre Examen bestanden hatten und wann sie heiraten wollten (die meisten trugen bedauernswert schmale Verlobungsringe). Sie erzählten uns alles – daß der Freund darauf bestand, daß sie es vor der Hochzeit »machten«, daß die Mutter trank, daß die Noten schlecht waren und daß das Stipendium nicht verlängert werden würde.

Wir gaben ihnen gute Ratschläge. »Nehmt ein Kondom«; »Ruf die Anonymen Alkoholiker an«; »Arbeite das restliche Semester über hart und verbessere deine Noten.« Später berichteten sie uns dann: »Ihr hattet recht. Vielen Dank.«

Wir taten unser Bestes, um unser Knurren und Brummen und unsere Tränen zu beherrschen, wenn sie in der Nähe waren. Folglich lernten sie nichts über psychiatrische Krankenpflege.

Wenn ihre Zeit um war, nahmen sie nur geschönte Versionen von uns mit, die auf halber Strecke zwischen unseren eigenen unglücklichen Ichs und der Normalität, die wir in ihnen verkörpert sahen, angesiedelt waren.

Einige von uns kamen einer Heilung dabei näher als jemals sonst.

Sobald sie gegangen waren, wurde alles schnell schlimmer als üblich, und die richtigen Schwestern hatten alle Hände voll zu tun.

Soweit zu unseren Hütern, den Hirten der verirrten Schafe.

Aber was den richtigen Weg anging – den mußten wir selbst wiederfinden.

## ACHTUNDSECHZIG

Die Welt hörte nicht auf sich zu drehen, weil wir nicht mehr drin waren; ganz im Gegenteil. Abend für Abend fielen auf unserem Fernsehschirm winzige Leute zu Boden: Schwarze, Jugendliche, Vietnamesen, arme Leute – manche tot, manche nur erst mal zusammengeschlagen. Es gab immer wieder neue, die die Gefallenen ersetzten und am nächsten Abend zu ihnen stießen.

Dann kam die Zeit, als Menschen, die wir kannten – nicht persönlich kannten, aber von denen wir gehört hatten – zu Boden fielen: Martin Luther King, Robert Kennedy. War das erschreckender? Lisa sagte, es sei natürlich. »Sie müssen sie umbringen«, erklärte sie. »Sonst beruhigt sich das nie.«

Aber es schien sich auch so nicht zu beruhigen. Die Leute taten, was wir in unseren Phantasien taten: Universitäten besetzen und Seminare abschaffen; aus Pappkartons Häuser bauen und sie in den Weg stellen; Polizisten die Zunge rausstrecken.

Wir feuerten sie an, diese kleinen Leute auf unserem

Bildschirm, die schrumpften, während ihre Zahl stieg, bis sie nur noch eine Menge Pünktchen waren, die Universitäten besetzten und ihre winzigen Zungen rausstreckten. Wir dachten, irgendwann würden sie auch uns »befreien«. »Richtig so!« schrien wir ihnen zu.

Phantasien haben keine Konsequenzen. Wir waren sicher in unserem teuren Krankenhaus, eingesperrt mit unseren Rasereien und Rebellionen. Wir konnten leicht sagen: »Richtig so!« Schlimmstenfalls kriegten wir einen Nachmittag im Isolierzimmer. Normalerweise kriegten wir nur ein Lächeln, ein Kopfschütteln, eine Bemerkung in unsere Krankenakte: »Identifikation mit der Protestbewegung.« Sie kriegten Schädelbrüche, blaue Augen, Tritte in die Nieren – und wurden dann anschließend mit ihren Rasereien und Rebellionen eingesperrt.

So ging es weiter, monatelang, Kämpfe und Aufstände und Protestmärsche. Das waren leichte Zeiten für das Pflegepersonal. Wir »agierten« nicht; es wurde alles für uns ausagiert.

Wir waren nicht nur ruhig, wir waren erwartungsvoll. Die Welt war im Begriff, auszuflippen, die Sanftmütigen waren dabei, die Erde zu erben, oder genauer, sie den Starken zu entreißen, und wir, die Sanftmütigsten und Schwächsten, würden die Erben des umfangreichen Besitztums sein, das uns vorenthalten worden war. Aber das passierte nicht – weder uns noch irgendwelchen anderen Anwärtern auf das Besitztum.

Es war, als wir Bobby Seale gefesselt und geknebelt in einem Gerichtssaal in Chicago sahen, daß wir erkannten, daß die Welt sich nicht ändern würde. Er war in Ketten, wie ein Sklave.

Cynthia war besonders aufgebracht. »Das machen sie mit mir!« rief sie. Es stimmte, daß sie einen festbanden und einem etwas in den Mund stopften, wenn man Elektroschocks bekam, damit man sich während des Krampfes nicht in die Zunge biß.

Lisa war auch zornig, aber aus einem anderen Grund. »Siehst du nicht den Unterschied?« fauchte sie Cynthia an. »Sie müssen ihn knebeln, weil sie Angst haben, daß die Leute glauben, was er sagt.«

Wir betrachteten ihn, einen winzigen, dunklen Mann in Ketten auf unserem Fernsehschirm, der das eine besaß, was uns immer fehlen würde: Glaubwürdigkeit.

# BLANKE KNOCHEN

Für viele von uns war das Krankenhaus ebensosehr Zufluchtsort, wie es Gefängnis war. Wir waren zwar von der Welt und dem ganzen Ärger, den wir dort mit Vergnügen verursachten, abgeschnitten, aber wir waren auch von den Anforderungen und Erwartungen abgeschnitten, die uns zum Wahnsinn getrieben hatten. Was konnte man jetzt, da wir in einer Irrenanstalt verwahrt wurden, noch von uns erwarten?

Die Klinik schirmte uns gegen alles mögliche ab. Wir sagten dem Pflegepersonal, sie sollten uns nicht ans Telefon holen und Besuche von Leuten, die wir nicht sprechen wollten, abweisen, einschließlich unserer Eltern.

»Ich bin zu erregt!« jammerten wir und brauchten dann mit wem auch immer nicht zu sprechen.

Solange wir bereit waren, erregt zu sein, brauchten wir weder Arbeit anzunehmen noch zur Schule zu gehen. Wir konnten uns vor allem drücken, außer vor dem Essen und vor der Einnahme unserer Medikamente. Wir waren auf merkwürdige Weise frei. Wir hatten den Fuß der Leiter erreicht. Wir hatten nichts mehr zu verlieren. Unsere Privatsphäre, unsere Freiheit, unsere Würde: Das alles war weg, und wir waren entkleidet bis auf die blanken Knochen unseres Ichs.

Als Nackte brauchten wir Schutz, und das Krankenhaus schützte uns. Natürlich war es das Krankenhaus, das uns überhaupt erst nackt ausgezogen hatte – aber das unterstrich nur seine Verpflichtung, uns zu beschützen.

Und das Krankenhaus kam seiner Verpflichtung nach. Irgend jemand in unseren Familien mußte dafür eine Menge Geld zahlen: sechzig Dollar (im Wert von 1967) pro Tag nur für das Zimmer; Therapie, Medikamente und Untersuchungen gingen extra. Der übliche Versicherungsschutz für den Aufenthalt in psychiatrischen Kliniken umfaßte neunzig Tage, aber neunzig Tage reichten gerade, um mit einem Aufenthalt im McLean zu beginnen. Allein meine Untersuchung dauerte neunzig Tage. Das Geld für mehrere dieser Collegeausbildungen, die ich nicht wollte, wurde für meinen Krankenhausaufenthalt ausgegeben.

Wenn unsere Familien nicht mehr bezahlten, war unser Aufenthalt beendet, und wir wurden nackt in die Welt gesetzt. Wir wußten nicht mehr, wie man darin lebte. Einen Scheck ausschreiben, eine Telefonnummer wählen, ein Fenster öffnen, eine Tür abschließen – das waren nur einige von den Dingen, die wir alle nicht mehr konnten, weil wir sie vergessen hatten.

Unsere Familien. Die gängige Auffassung besagte, daß sie der Grund dafür waren, daß wir hier waren, doch in unseren Krankenhausleben fehlten sie völlig. Wir fragten uns, ob wir in ihren Leben draußen auch so vollständig fehlten.

Irre werden wie Spieler aufs Feld geschickt. Oft ist eine ganze Familie verrückt, aber weil eine ganze Familie nicht ins Krankenhaus gehen kann, wird ein Mitglied zum Verrückten ernannt und geht. Dann wird diese Person, je nachdem, wie der Rest der Familie sich fühlt, drinbehalten oder wieder rausgeholt, um etwas über die geistige Gesundheit der Familie zu beweisen.

Die meisten Familien bewiesen die gleiche These: *Wir* sind nicht verrückt, *sie* ist die Verrückte. Diese Familien bezahlten weiter.

Aber manche Familien mußten beweisen, daß niemand verrückt war, und das waren die, die drohten, nicht mehr zu bezahlen.

Torrey hatte so eine Familie.

Wir alle mochten Torrey, weil sie ein vornehmes Auftreten hatte. Das einzige, was an ihr nicht stimmte, waren die Amphetamine. In Mexiko, wo ihre Familie lebte, hatte sie zwei Jahre lang Speed gespritzt. Die Amphetamine hatten ihr Gesicht bleich und ihre Stimme müde und schleppend gemacht – oder eigentlich war es das Fehlen der Amphetamine, das sie so machte.

Torrey war die einzige, die von Lisa respektiert

wurde, wahrscheinlich, weil sie die Nadel gemeinsam hatten.

Alle paar Monate flogen Torreys Eltern von Mexiko nach Boston, um ihr Strafpredigten zu halten. Sie sei verrückt, sie habe die Familie verrückt gemacht, sie würde simulieren, sie könnten es sich nicht leisten und so weiter. Wenn sie wieder weg waren, erstattete Torrey mit ihrer müden, schleppenden Stimme Bericht. »Und dann hat Mama gesagt: ›Du hast mich zur Alkoholikerin gemacht‹, und dann hat Papa gesagt: ›Ich werde dafür sorgen, daß du hier nie wieder rauskommst‹, und dann haben sie sozusagen getauscht, und Mama hat gesagt: ›Du bist doch nichts weiter als ein Junkie‹ , und Papa hat gesagt: ›Ich werde nicht dafür bezahlen, daß du dir hier drin einen schönen Lenz machst, während wir leiden.‹«

»Warum triffst du dich mit ihnen?« fragte Georgina.

»Ach«, sagte Torrey.

»Auf die Art zeigen sie ihre Liebe«, sagte Lisa. Ihre Eltern nahmen nie Kontakt zu ihr auf.

Die Schwestern stimmten Lisa zu. Sie sagten Torrey, sie sei reif, weil sie bereit war, sich mit ihren Eltern zu treffen, obwohl sie wußte, daß sie sie verwirren würden. *Verwirren* war der Ausdruck der Schwestern für *verletzen.*

Torrey war nicht verwirrt. »Ich habe nichts gegen diesen Ort hier«, sagte sie. »Ist mal was anderes als Mexiko.« Aus Torreys Mund klang *Mexiko* wie ein Fluch.

»Mexiko«, pflegte sie kopfschüttelnd zu sagen.

In Mexiko gab es ein großes Haus mit Veranden vorne und hinten, es gab Diener, die Sonne schien jeden Tag, und im Drugstore gab es Amphetamine zu kaufen.

Lisa meinte, das höre sich doch ganz gut an.

»Es ist der Tod«, sagte Torrey. »In Mexiko zu sein heißt tot zu sein und Speed zu spritzen, damit man das Gefühl hat, nicht ganz tot zu sein. Das ist alles.«

Manchmal versuchten Valerie oder eine andere Schwester, Torrey zu erklären, daß sie in Mexiko sein könnte, ohne Amphetamine zu kaufen.

»Ihr seid noch nicht dagewesen«, sagte Torrey dann.

Im August riefen Torreys Eltern an, um anzukündigen, daß sie kämen, um sie abzuholen.

»Sie holen mich zum Sterben nach Hause«, sagte Torrey.

»Wir lassen dich nicht gehen«, sagte Georgina.

»Stimmt«, sagte ich. »Stimmt's, Lisa?«

Lisa machte keine Versprechungen. »Was können wir dagegen tun?«

»Nichts«, sagte Torrey.

Am Nachmittag fragte ich Valerie: »Ihr würdet doch nicht zulassen, daß Torreys Eltern sie mit zurück nach Mexiko nehmen, oder?«

»Wir sind hier, um euch zu schützen«, sagte sie.

»Was heißt das?« fragte ich Lisa an dem Abend.

»Absolut nichts.«

Etwa eine Woche lang hörten wir nichts von Torreys Eltern. Dann riefen sie an und sagten, sie würden sich in Boston auf dem Flughafen mit ihr treffen. Sie wollten sich nicht die Mühe machen, zum Krankenhaus heraus zu kommen, um sie abzuholen.

»Du könntest auf der Fahrt zum Flughafen rausspringen«, sagte Lisa. »Irgendwo mitten in der Stadt. Und dann gleich in die U-Bahn.« Im Aushecken von Fluchtplänen war sie ein alter Hase.

»Ich hab' kein Geld«, sagte Torrey.

Wir legten zusammen. Georgina hatte zweiundzwanzig Dollar; Polly hatte achtzehn; Lisa hatte zwölf; ich hatte fünfzehnfünfundneunzig.

»Davon könntest du wochenlang leben«, sagte Lisa zu Torrey.

»Eine vielleicht«, meinte Torrey. Aber sie sah nicht mehr so bedrückt aus. Sie nahm das Geld und steckte es in ihren BH. Es gab eine ganz schöne Beule. »Danke«, sagte sie.

»Du mußt einen Plan haben«, sagte Lisa. »Willst du hierbleiben oder aus der Stadt weg? Ich finde, du solltest sofort aus der Stadt raus.«

»Und wohin?«

»Hast du keine Freunde in New York?« fragte Georgina.

Torrey schüttelte den Kopf. »Ich kenne euch hier, und ich kenne ein paar Junkies in Mexiko. Sonst keinen.«

»Lisa Cody«, sagte Lisa. »Die ist ein Junkie. Die würde dich unterbringen.«

»Die ist nicht zuverlässig«, sagte Georgina.

»Jedenfalls würde sie das ganze Geld für Stoff ausgeben«, sagte ich.

»Ich vielleicht auch«, gab Torrey zu bedenken.

»Das ist was anderes«, sagte Lisa. »Wir haben es dir geschenkt.«

»Tu das nicht«, sagte Polly. »Wenn du das tust, kannst du genausogut nach Mexiko zurückgehen.«

»Ja«, sagte Torrey. Jetzt sah sie wieder bedrückt aus.

»Was ist los?« fragte Lisa.

»Ich trau' mich nicht«, sagte Torrey. »Ich kann das nicht.«

»Doch, du kannst das«, sagte Lisa. »Du machst einfach vor einer roten Ampel die Tür auf und haust ab. Du rennst einfach blitzschnell weg. Du kannst das.«

»Du könntest das«, sagte Torrey. »Ich nicht.«

»Du mußt es tun«, sagte Georgina.

»Ich weiß, daß du das kannst«, sagte Polly. Sie legte Torrey ihre rosaweiße Hand auf die magere Schulter. Ich bezweifelte, daß Torrey das konnte.

Am Morgen warteten zwei Schwestern darauf, Torrey zum Flughafen zu bringen.

»Das klappt nicht«, flüsterte Lisa mir zu. »Bei zweien schafft sie das nie.«

Sie beschloß, ein Ablenkungsmanöver zu veranstalten. Es ging darum, so viel Pflegepersonal zu beschäftigen, daß nur eine Schwester verfügbar war, um Torrey zum Flughafen zu bringen.

»Dieser verdammte Ort hier!« schrie Lisa. Sie ging den Gang entlang und knallte die Zimmertüren zu. »Freßt doch Scheiße!«

Es funktionierte. Valerie schloß die obere Hälfte der Tür zum Schwesternzimmer und hielt mit den anderen Schwestern Kriegsrat, während Lisa schrie und Türen zuknallte. Als sie wieder herauskamen, schwärmten sie in fächerförmiger Formation zum Ruhestiften aus.

»Beruhige dich, Lisa«, sagte Valerie. »Wo ist Torrey? Es wird Zeit. Wir müssen los.«

Lisa unterbrach ihren Rundgang. »Bringen Sie sie hin?«

Wir alle wußten, daß bei Valerie niemand abhauen konnte.

Valerie schüttelte den Kopf. »Nein. Jetzt beruhige dich, Lisa.«

Lisa knallte die nächste Tür zu.

»Das nützt nichts«, sagte Valerie. »Es verhindert gar nichts.«

»Valerie, Sie haben versprochen...«, fing ich an.

»Wo ist Torrey?« unterbrach Valerie mich. »Laß uns erst mal das hier erledigen.«

»Ich bin hier«, sagte Torrey. Sie hatte einen Koffer in der Hand, und ihr Arm zitterte, daher schlug der Koffer immer gegen ihr Bein.

»Okay«, sagte Valerie. Sie griff ins Schwesternzimmer und zog ein volles Medikamentenbecherchen heraus. »Nimm das hier«, sagte sie.

»Was ist das für ein Scheißzeug?« schrie Lisa von der Mitte des Ganges her.

»Das wird Torrey einfach entspannen«, sagte Valerie.

»Ich bin entspannt«, sagte Torrey.

»Trink aus«, sagte Valerie.

»Nimm das nicht!« schrie Lisa. »Mach das nicht, Torrey!«

Torrey legte den Kopf zurück und trank.

»Gott sei Dank«, murmelte Valerie. »Okay. Gut. Das war's.« Sie zitterte ebenfalls. »Okay. Mach's gut, Torrey. Alles Gute.«

Torrey ging tatsächlich. Sie würde ins Flugzeug steigen und nach Mexiko zurückfliegen.

Lisa hörte mit dem Krachmachen auf und kam und stellte sich zu uns anderen. Wir standen vor dem Schwesternzimmer und sahen Torrey an.

»War das das, was ich vermute?« fragte Lisa Valerie. Sie schob ihr Gesicht dicht vor Valeries Gesicht. »War das Thorazine? War es das?«

Valerie antwortete nicht. Es war nicht nötig. Torreys Augen glitzerten schon. Sie wich einen Schritt zurück und geriet etwas aus dem Gleichgewicht. Valerie faßte sie am Ellbogen.

»Es ist alles in Ordnung«, sagte sie zu Torrey.

»Ich weiß«, sagte Torrey. Sie räusperte sich. »Klar.«

Die Schwester, die sie zum Flughafen brachte, nahm den Koffer und führte Torrey den Gang hinunter zu den doppelt abgeschlossenen Doppeltüren.

Dann gab es nichts mehr zu tun. Eine Helferin ging in Torreys Zimmer und fing an, das Bett abzuziehen. Valerie ging wieder ins Schwesternzimmer. Lisa knallte eine Tür zu. Wir anderen blieben eine Weile stehen, wo wir standen. Dann guckten wir Fernsehen, bis die Schwester vom Flughafen zurückkam. Wir waren still und horchten, ob es im Schwesternzimmer Aufregung geben würde – die Art von Aufregung, die ein Ausreißen hervorruft. Aber nichts geschah.

Danach wurde der Tag schlimm. Es spielte keine Rolle, wo wir waren; jeder Raum war verkehrt. Der Fernsehraum war zu warm; der Aufenthaltsraum war zu unheimlich; der Fußboden vor dem Schwesternzimmer stimmte auch nicht.

Georgina und ich versuchten, in unserem Zimmer zu sitzen, und auch das war schrecklich. Alle Räume hallten und waren groß und leer. Und es gab einfach nichts zu tun.

Das Mittagessen kam: Überbackener Thunfischtoast. Wer wollte den schon? Wir fanden Thunfischtoast widerlich.

Nach dem Essen sagte Polly: »Wir wollen uns vornehmen, eine Stunde im Aufenthaltsraum zu sein und dann eine Stunde vor dem Schwesternzimmer und so weiter. Dann haben wir wenigstens einen Plan.«

Lisa hatte keine Lust. Aber Georgina und ich erklärten uns bereit, es auszuprobieren.

Im Aufenthaltsraum fingen wir an. Wir ließen uns jede in einen gelben Plastikstuhl fallen. Zwei Uhr nachmittags an einem Augustsamstag auf einer halboffenen Station in Belmont. Alter Zigarettenrauch, alte Zeitschriften, grüngefleckter Teppich, fünf gelbe Plastiksessel, ein oranges Sofa mit kaputter Lehne: Der Raum war unverwechselbar ein Aufenthaltsraum in einer Irrenanstalt.

Ich saß in meinem gelben Plastiksessel und dachte nicht an Torrey. Statt dessen betrachtete ich meine Hand. Mir fiel auf, daß meine Handfläche wie die Handfläche eines Affen aussah. Die Einkerbungen der drei Linien, die sie durchzogen, und die Art, wie meine Finger sich einrollten, erschienen mir affenartig. Wenn ich meine Finger spreizte, sah meine Hand menschlicher aus, daher tat ich das. Aber es war anstrengend, die Finger gespreizt zu halten. Ich entspannte sie, und dann kam die Vorstellung vom Affen wieder.

Ich drehte meine Hand schnell um. Der Handrücken war nicht viel besser. Meine Venen standen hervor – vielleicht, weil es so ein heißer Tag war –, und die Haut um meine Knöchel herum war runzlig und locker. Wenn ich die Hand bewegte, konnte ich die drei langen Knochen sehen, die sich vom Handgelenk zu den untersten Fingergelenken hinzogen. Oder vielleicht waren das gar keine Knochen, sondern Sehnen? Ich

*Bemerkungen zum Krankheitsverlauf: Hier ist der untere Eintrag von Bedeutung.*

*9. August 1967 Krankheitsverlauf: Der Patientin ging es, abgesehen von depressiven Reaktionen am Wochenende, außerordentlich gut, bis gestern, als sie Schallplatten anhörte und sich plötzlich fühlte, als sei sie wieder Teenager, und der Gedanke, daß sie nie eine zufriedenstellende Kindheit gehabt hatte, ihr große Angst einjagte. Sie wurde ängstlich und aufgeregt und verlangte einen Besuch des Bereitschaftsarztes. Sie sprach über ihre Ängste in bezug auf ihre Eltern und die fehlende Kommunikation und darüber, daß sie ihr ganzes Leben lang bis heute unfähig war, befriedigende Entscheidungen zu treffen, und daß ihr Therapeut nicht da ist. Sie ist heute äußerst erregt und braucht, obwohl sie nicht desorganisiert ist, weitere Hilfe, um über die Zeit hinwegzukommen, in der ihr Therapeut nicht da ist. Sie ist äußerst aufgebracht wegen ihrer Eltern und deren Mangel an Verständnis, und sie überträgt das auf andere Menschen, daß sie sie nicht verstehen können oder daß sie ihnen nicht vertrauen kann. Ich habe ausführlich mit ihr über Entscheidungen und Verantwortung gesprochen, und es geht ihr besser, nachdem sie einige dieser Gefühle herausgelassen hat. Sie wird jedoch gegenwärtig auch irgendwie unterstützt und beschützt werden müssen, weil sie ohne ihren Therapeuten eine recht schwierige Zeit durchmacht.*

*24. 8. 67 Krankheitsverlauf: Die Patientin litt am Samstag etwa sechs Stunden lang unter einem Anfall von Depersonalisation. Sie hatte während dieser Zeit das Gefühl, daß sie kein richtiger Mensch sei, sondern nichts als Haut. Sie sprach davon, daß sie sich schneiden wolle, um zu sehen, ob sie bluten würde, damit sie sich beweisen könnte, daß sie ein richtiger Mensch sei. Sie erwähnte, daß sie gerne eine Röntgenaufnahme von sich sehen würde, um zu sehen, ob sie überhaupt Knochen oder irgend etwas in sich habe. Welches Ereignis diesen Anfall von Depersonalisation ausgelöst hat, ist noch nicht klar.*

No. 22 201 Name KAYSEN, Susanna SB II

1967 Aug. 9 PROGRESS NOTE The patient has been doing extremely well aside from depressive reactions on the weekend, until yesterday, when she was listening to some records and suddenly felt as though she were a teenager again and began to become very frightened at the thought that she had never had a satisfactory childhood. She became fearful and agitated requiring a call from the doctor on call. She expressed her fears regarding her parents and lack of communication, the fact that she has been unable to make satisfactory decisions throughout her life to the present time, and also, that her therapist is away. She is extremely agitated today and, although not disorganized, she is going to need further support in helping her get through the time that her therapist is away. She is most extremely upset about her parents and their lack of understanding and she relates this to other people, and that they can't understand or can't be trusted. I have spoken to her at length about decision-making and responsibility and she does feel better after venting some of these feelings. However, she will also have to be somewhat supported and protected, at the present time, as she is going through a rather trying time without her therapist.

8/24/67 PROGRESS NOTE: The patient suffered an episode of depersonalization on Saturday for about six hours at which time she felt that she wasn't a real person, nothing but skin. She talked about wanting to cut herself to see whether she would bleed to prove to herself that she was a real person. She mentioned she would like to see an X-ray of herself to see if she has any bones or anything inside. The precipitating event for this episode of depersonalization is still not clear.

bohrte einen Finger in einen Strang; er war elastisch, also war es wahrscheinlich eine Sehne. Darunter waren jedoch Knochen. Zumindest hoffte ich das.

Ich bohrte tiefer, um die Knochen zu spüren. Sie waren schwer zu finden. Bei den Knöcheln war es leicht, aber ich wollte die Handknochen finden, die von meinem Handgelenk zu meinen Fingern liefen. Ich fing an, mir Sorgen zu machen. Wo waren meine Knochen? Ich steckte die Hand in den Mund und biß darauf, um zu sehen, ob ich auf etwas Hartes kam. Alles rutschte weg. Da waren Nerven; da waren Blutgefäße; da waren Sehnen: Alles war glitschig und schwer zu packen.

»Verdammt«, sagte ich.

Georgina und Polly achteten nicht auf mich.

Ich fing an, auf meinem Handrücken herumzukratzen. Ich hatte vor, einen Hautlappen zu packen und ihn abzuziehen, einfach, um nachzugucken. Ich wollte sehen, daß meine Hand eine normale Menschenhand war, mit Knochen. Meine Hand wurde rot und weiß – ungefähr so wie Pollys Hände –, aber ich konnte meine Haut nicht dazu bringen, mich einzulassen.

Ich steckte die Hand in den Mund und kaute kräftig darauf herum. Erfolg! Neben meinem äußersten Knöchel, wo mein Schneidezahn die Haut durchbohrt hatte, kam ein Blutstropfen heraus.

»Was machst du denn da?« fragte Georgina.

»Ich versuche, der hier auf den Grund zu kommen«, sagte ich.

»Wem auf den Grund zu kommen?« Georgina sah wütend aus.

»Meiner Hand«, sagte ich und schwenkte sie. Eine dünne Blutspur rann an meinem Handgelenk hinunter.

»Laß das«, sagte Georgina.

»Das ist meine Hand«, sagte ich. Ich war auch wütend. Und ich wurde wirklich unruhig. O Gott, dachte ich, da sind keine Knochen drin.

»Habe ich Knochen?« fragte ich die beiden. »Habe ich Knochen? Glaubt ihr, daß ich Knochen habe?« Ich konnte nicht aufhören zu fragen.

»Jeder hat Knochen«, sagte Polly

»Aber habe *ich* Knochen?«

»Du hast auch welche«, sagte Georgina. Dann lief sie aus dem Raum. Eine halbe Minute später kam sie mit Valerie zurück.

»Gucken Sie mal«, sagte Georgina und zeigte auf mich.

Valerie sah mich an und ging wieder.

»Ich will sie einfach sehen«, sagte ich. »Ich muß einfach sicher sein.«

»Sie sind da drin, das verspreche ich«, sagte Georgina.

»Ich bin hier nicht sicher«, sagte ich plötzlich.

Valerie war wieder da, mit einem vollen Medikamentenbecherchen.

»Valerie, ich bin hier nicht sicher«, sagte ich.

»Trink das hier.« Sie gab mir den Becher.

An der Farbe konnte ich erkennen, daß es Thorazine war. Ich hatte es noch nie genommen. Ich legte den Kopf zurück und trank.

Es war klebrig und sauer und sickerte in meinen Magen. Der Geschmack blieb in meiner Kehle. Ich schluckte ein paarmal.

»Oh, Valerie«, sagte ich, »Sie haben versprochen –«

Dann schlug das Thorazine zu. Es war wie eine Wasserwand, stark, aber weich.

»Puh«, sagte ich. Ich konnte meine eigene Stimme nicht besonders gut hören. Ich beschloß aufzustehen, aber als ich das tat, fand ich mich auf dem Fußboden wieder.

Valerie und Georgina faßten mich unter den Armen und hoben mich auf. Sie steuerten mich den Gang entlang in unser Zimmer. Meine Beine und Füße fühlten sich wie Matratzen an, sie waren so riesig und dick. Valerie und Georgina fühlten sich auch wie Matratzen an, große, weiche Matratzen, die gegen meine Seiten drückten. Es war beruhigend.

»Mir kann nichts passieren, oder?« fragte ich. Meine Stimme war weit weg, und ich hatte nicht gesagt, was ich meinte. Was ich meinte, war: Jetzt war ich hier sicher, jetzt war ich wirklich verrückt, und niemand konnte mich hier rausholen.

## DENTALE STÖRUNG

Ich saß gerade in der Cafeteria und aß Hackbraten, als in meinem Kiefer etwas Merkwürdiges geschah. Meine Wange schwoll an. Als ich auf die Station zurückkam, hatte ich seitlich am Gesicht einen Pingpongball hängen.

»Weisheitszahn«, sagte Valerie.

Wir gingen rüber zum Zahnarzt. Sein Sprechzimmer war im Verwaltungsgebäude, wo ich vor langer Zeit gesessen und still darauf gewartet hatte, daß ich eingesperrt wurde. Der Zahnarzt war groß, finster und schmutzig, mit Blutspritzern auf dem Laborkittel und einem Schamhaarschnäuzer. Als er mir seine Finger in den Mund steckte, schmeckten sie nach Ohrenschmalz.

»Abszeß«, sagte er. »Den ziehe ich sofort.«

»Nein«, sagte ich.

»Was nein?« Er wühlte in den Instrumenten auf seinem Tablett.

»Ich will nicht.« Ich sah zu Valerie hinüber. »Ich lasse Sie nicht.«

Valerie guckte aus dem Fenster. »Könnte man erst mal mit Antibiotika behandeln«, sagte sie.

»Könnte man«, sagte er. Er sah mich an. Ich bleckte meine restlichen Zähne. »Okay«, sagte er.

Auf dem Rückweg sagte Valerie: »Das war vernünftig von dir.«

Es war lange her, daß ich etwas so Schmeichelhaftes wie *vernünftig* über mich gehört hatte. »Der Typ sah aus wie ein Pickel«, sagte ich.

»Erst die Entzündung unter Kontrolle bringen«, murmelte Valerie vor sich hin, während sie die Doppeltüren zu unserer Station aufschloß.

Am ersten Tag mit Penicillin wurde der Pingpongball zu einer Murmel. Am zweiten Tag war die Murmel zu einer Erbse geworden, aber ich hatte einen Ausschlag im Gesicht. Außerdem hatte ich Fieber.

»Jetzt nicht weiter aufschieben«, sagte Valerie. »Und nimm nie wieder Penicillin, niemals.«

»Ich geh' nicht«, sagte ich.

»Ich nehme dich morgen zu meinem Zahnarzt in Boston mit«, sagte sie.

Alle waren aufgeregt. »Boston!« Polly wackelte mit ihren gestreiften Händen.

»Was ziehst du an?«; »Du könntest in eine Matinee gehen«, sagte Georgina, »und Popcorn essen«; »Du könntest mir Stoff besorgen«, sagte Lisa. »Unten bei Jordan Marsh ist dieser Typ mit der blauen Baseballmütze...«; »Du könntest vor einer roten Ampel rausspringen und abhauen«, sagte Cynthia. »Er heißt Astro«, fuhr Lisa fort. Sie war realistischer als Cynthia; sie wußte, daß ich nicht abhauen würde. »Er verkauft billig Black Beautys.«

»Ich sehe aus wie ein Erdhörnchen«, sagte ich. »Ich kann gar nichts.«

Im Taxi war ich zu aufgeregt, um mir Boston anzusehen.

»Lehnen Sie sich zurück und zählen Sie bis zehn«, sagte der Zahnarzt. Ich war noch nicht bis vier gekommen, da saß ich schon mit einem Loch im Mund wieder aufrecht.

»Wo ist sie geblieben?« fragte ich den Zahnarzt.

Er hielt meinen Zahn hoch, riesig, blutig, gegabelt und runzelig.

Aber ich hatte nach der Zeit gefragt. Ich war mir voraus. Er hatte mich in die Zukunft geworfen, und ich wußte nicht, was mit der Zwischenzeit geschehen war. »Wie lange hat das gedauert?« fragte ich.

»Ach, das war nichts«, sagte er. »Rein und raus.« Das half nicht. »Ungefähr fünf Sekunden? Oder zwei Minuten?«

Er wandte sich vom Stuhl ab. »Valerie«, rief er.

»Das muß ich wissen«, sagte ich.

»Vierundzwanzig Stunden keine heißen Flüssigkeiten«, sagte er.

»Wie lange?«

»Vierundzwanzig Stunden.«

Valerie kam herein, eilig und geschäftig. »Komm, steh auf, wir gehen.«

»Ich muß wissen, wie lange das gedauert hat«, sagte ich, »und er will es mir nicht sagen.«

Sie warf mir einen ihrer vernichtenden Blicke zu. »Nicht lange, das kann ich dir sagen.«

»Es ist meine Zeit!« schrie ich. »Es ist meine Zeit, und ich muß wissen, wieviel es war.«

Der Zahnarzt rollte die Augen. »Das hier überlasse ich Ihnen«, sagte er und verließ den Raum.

»Komm«, sagte Valerie. »Mach mir keinen Ärger.«

»Okay.« Ich kletterte aus dem Zahnarztstuhl. *»Ihnen* mache ich sowieso keinen Ärger.«

Im Taxi sagte Valerie: »Ich hab' was für dich.«

Es war mein Zahn, ein bißchen saubergemacht, aber riesig und fremd.

»Hab' ich für dich geklaut«, sagte sie.

»Danke, Valerie, das war nett von Ihnen.« Aber der Zahn war nicht das, was ich eigentlich wollte. »Ich möchte wissen, wieviel Zeit das war«, sagte ich. »Sehen Sie, Valerie, ich hab' Zeit verloren, und ich muß wissen, wieviel. Ich muß es wissen.«

Dann fing ich an zu weinen. Ich wollte das nicht, aber ich konnte nicht anders.

## CALAIS IST IN MEIN HERZ EINGEGRABEN

Ein neuer Name war auf der Tafel erschienen: Alice Calais.

»Wir wollen mal raten, wie sie ist«, sagte Georgina.

»Eine irre Neue«, sagte Lisa.

»Wann kommt sie?« fragte ich Valerie.

Valerie zeigte den Gang hinunter zu den Türen. Und da war sie, Alice Calais.

Sie war jung, wie wir, und sie sah nicht allzu verrückt aus. Wir standen vom Fußboden auf, um sie ordentlich zu begrüßen.

»Ich bin Alice Calais«, sagte sie, aber sie sprach es ungefähr so aus wie *Galle.*

»Cal-läh?« fragte Georgina.

Alice Calais-Galle blinzelte. »Häh?«

»Man spricht es *Galle* aus«, erklärte ich Georgina. Ich fand es unhöflich von ihr, daß sie andeutete, Alice könne ihren eigenen Namen nicht richtig aussprechen.

»Cal-läh?« fragte Georgina wieder.

An dieser Stelle kam Valerie, um Alice ihr Zimmer zu zeigen.

»Es ist wie mit Paris«, sagte ich zu Georgina. »Wir sagen nicht *Pa-rie,* so wie die Franzosen.«

»Phonetik«, sagte Lisa.

Alice Calais-Galle war schüchtern, aber sie mochte uns. Sie saß oft in unserer Nähe und hörte zu. Lisa fand, sie sei langweilig. Georgina versuchte, sie zum Sprechen zu bringen.

»Das ist nämlich ein französischer Name«, erklärte sie Alice. »Calais.«

»Galle«, sagte Alice. »Ja?«

»Ja. Das ist eine berühmte Stadt in Frankreich.«

»Warum?

»Es hat früher zu England gehört«, sagte Georgina. »Ein großer Teil von Frankreich hat zu England gehört. Im Hundertjährigen Krieg haben sie es dann verloren. Calais war die letzte Stadt, die sie verloren haben.«

»Hundert Jahre!« Alice machte große Augen.

Es war leicht, Alice zu beeindrucken. Sie wußte fast gar nichts über irgendwas. Lisa hielt sie für retardiert.

Eines Morgens saßen wir in der Küche und aßen Toast mit Honig.

»Was ist das?« fragte Alice.

»Toast mit Honig.«

»Ich habe noch nie Honig gegessen«, sagte Alice.

Das verblüffte uns. Wer konnte sich ein Leben vorstellen, das so beschränkt war, daß es keinen Honig darin gab?

»Noch nie?« fragte ich.

Georgina reichte ihr ein Stück Toast. Wir sahen zu, wie sie aß.

»Das schmeckt nach Bienen«, verkündete sie.

»Wie meinst du das?« fragte Lisa.

»Irgendwie pelzig und kribbelig – nach Bienen.«

Ich biß wieder von meinem Toast ab. Der Honig schmeckte einfach nach Honig, und ich konnte mich nicht erinnern, Honig irgendwann zum erstenmal geschmeckt zu haben. Später am Tag, als Alice zu einem Rorschachtest fort war, fragte ich: »Wie kann eine, die noch nie Honig gegessen hat, eine Familie haben, die es sich leisten kann, sie hierher zu schicken?«

»Wahrscheinlich wirklich unglaublich verrückt und interessant, deswegen lassen sie sie für weniger rein«, sagte Georgina.

»Das bezweifle ich«, sagte Lisa.

Und mehrere Wochen lang bot Alice Calais-Galle keine Anhaltspunkte dafür, daß sie entweder wirklich verrückt oder interessant war. Selbst Georgina bekam sie satt.

»Sie weiß überhaupt nichts«, sagte Georgina. »Als hätte sie ihr Leben in einem Schrank verbracht.«

»Hat sie wohl auch«, sagte Lisa. »Sie war in einem Schrank eingesperrt und hat Cheerios gefuttert.«

»Du meinst, von ihren Eltern in einen Schrank eingesperrt?« fragte ich.

»Warum nicht?« sagte Lisa. »Schließlich haben sie sie Alice Galle genannt.«

Das erklärte ebensogut wie irgend etwas anderes, warum Alice nach etwa einem Monat hochging wie ein Vulkan.

»Steckt 'ne Menge Energie in dem Mädchen«, bemerkte Georgina. Hinten am Ende des Flurs kam gedämpftes Donnern, Schreien und Krachen aus dem Isolierzimmer.

Als wir am nächsten Tag unter der Tafel auf dem Fußboden saßen, wurde Alice zwischen zwei Schwestern an uns vorbeigeführt, auf dem Weg in die geschlossene Station. Ihr Gesicht war vom Weinen und Umsichschlagen aufgequollen. Sie sah uns nicht an. Sie war mit ihren eigenen komplizierten Gedanken beschäftigt – das konnte man daran sehen, wie sie schielte und den Mund bewegte.

Ihr Name verschwand ziemlich schnell von der Tafel. »Vermutlich hat sie sich da drüben eingelebt«, sagte Lisa.

»Wir sollten sie besuchen«, meinte Georgina.

Die Schwestern fanden es nett, daß wir Alice besuchen wollten. Selbst Lisa durfte mitgehen. Sie müssen sich gedacht haben, daß sie auf der geschlossenen Station keinen Ärger machen konnte.

Von außen sah das Gebäude nicht irgendwie besonders aus. Es hatte nicht einmal zusätzliche Türen. Aber innen war es anders. Die Fenster hatten Sicherheitsfenster wie unsere Fenster, aber vor den Sicherheitsfenstern waren Gitterstäbe. Kleine Gitterstäbe zwar, dünn und mehrere Zoll auseinander, aber es waren Gitterstäbe. Die Toiletten hatten keine Türen, und die einzelnen Klos hatten keine Sitze.

»Warum keine Sitze?« fragte ich Lisa.

»Weil man einen Sitz abreißen könnte und damit jemanden erschlagen? Keine Ahnung.«

Das Schwesternzimmer war nicht offen wie bei uns, sondern in maschendrahtverstärktes Glas eingeschlossen. Die Schwestern waren entweder drinnen oder draußen. Auf der unteren Hälfte der Tür lehnen und plaudern – so etwas gab es in der geschlossenen Station nicht.

Und die Zimmer waren keine richtigen Zimmer. Es waren Zellen. Eigentlich waren es Isolierzimmer. Es war nichts drin außer blanken Matratzen mit Menschen drauf. Im Unterschied zu unserem Isolierzimmer hatten sie Fenster, aber es waren winzige, hohe, maschendrahtverstärkte, mit Sicherheitsfenstern gesicherte, vergitterte Fenster. Die meisten Zimmertüren waren offen, daher konnten wir, als wir den Gang hinuntergingen, um Alice zu besuchen, andere Frauen auf ihren Matratzen liegen sehen. Manche waren nackt. Manche lagen nicht auf ihren Matratzen, sondern standen in einer Ecke oder hatten sich an einer Wand zusammengerollt.

Das war alles. Mehr war da nicht. Kleine, nackte Zimmer mit einer Person pro Zimmer irgendwo zusammengerollt.

Alices Zimmer roch nicht gut. Ihre Wände waren mit irgend etwas vollgeschmiert. Sie selbst auch. Sie saß auf ihrer Matratze, die Arme um die Knie geschlungen und mit Schmiere auf den Armen.

»Hi, Alice«, sagte Georgina.

»Das ist Scheiße«, flüsterte Lisa mir zu. »Sie hat ihre Scheiße verschmiert.«

Wir standen draußen vor der Tür herum. Wir wollten nicht in das Zimmer hineingehen, weil es so stank. Alice sah aus wie jemand anderes, als hätte sie ein neues Gesicht bekommen. Sie sah irgendwie gut aus.

»Wie geht's?« fragte Georgina.

»Ganz gut«, sagte Alice. Ihre Stimme war heiser. »Ich bin heiser«, sagte sie. »Ich habe geschrien.«

»Richtig so«, sagte Georgina.

Eine Weile sagte niemand etwas.

»Mir geht's immer besser«, sagte Alice.

»Gut«, sagte Georgina.

Lisa klopfte mit dem Fuß auf das Linoleum. Mir war schwindlig, weil ich versuchte zu atmen, ohne den Gestank einzuatmen.

»Also«, sagte Georgina. »Gut. Bis bald, ja?«

»Danke für euren Besuch«, sagte Alice. Sie ließ ihre Knie für ein paar Sekunden los, um uns zu winken.

Wir gingen zum Schwesternzimmer hinüber, wo unsere Eskorte dem Pflegepersonal einen Besuch abstattete. Wir konnten unsere Schwester nicht sehen. Georgina klopfte ans Glas.

Die diensthabende Schwester sah auf und schüttelte den Kopf.

»Ich will nur hier raus«, sagte ich.

Georgina klopfte wieder ans Glas. »Wir wollen zurück auf die SB Zwei«, sagte sie laut.

Die diensthabende Schwester nickte, aber unsere Schwester erschien nicht.

»Vielleicht war das ein Trick«, sagte Lisa. »Sie wollen uns hierlassen.«

»Das ist gar nicht komisch«, sagte ich.

Georgina trommelte noch einmal gegen das Glas.

»Ich mach' das schon«, sagte Lisa. Sie holte ihr Feuerzeug heraus und zündete sich eine Zigarette an.

Unverzüglich stürzten zwei Schwestern aus dem Schwesternzimmer.

»Geben Sie mir das Feuerzeug«, sagte die eine, während die andere nach der Zigarette griff.

Lisa lächelte. »Wir brauchen unsere Begleitung rüber nach SB Zwei.«

Die Schwestern gingen wieder ins Schwesternzimmer. »Keine Feuerzeuge in der Hochsicherheit. Rauchen unter Aufsicht. Ich wußte, daß sie das aufscheuchen würde.« Lisa zog noch eine Zigarette heraus und steckte sie dann wieder in die Packung.

Unsere Schwester kam heraus. »Das war aber ein kurzer Besuch«, sagte sie. »Wie ging's Alice?«

»Sie sagt, es ginge ihr immer besser«, sagte Georgina.

»Sie hatte Scheiße…«, sagte ich, aber ich konnte es nicht beschreiben.

Unsere Schwester nickte. »Das ist gar nicht so ungewöhnlich.«

Der häßliche Aufenthaltsraum, die mit Schreibtischen, Stühlen, Decken und Kissen vollgepfropften Schlafzimmer, eine Helferin, die sich aus dem Schwesternzimmer lehnte und mit Polly sprach, die weiße Kreide in ihrem Schälchen unter der Tafel, die darauf wartete, daß wir uns zurückmeldeten: wieder zu Hause.

»Oh«, sagte ich und seufzte mehrere Male. Ich konnte nicht genug Luft in mich hineinkriegen, oder die Luft in mir wollte nicht hinaus.

»Und was glaubt ihr, was mit ihr passiert ist?« fragte Georgina.

»Etwas«, sagte Lisa.

»Scheiße an der Wand«, sagte ich. »O Gott. Könnte uns das auch passieren?«

»Sie hat gesagt, es ginge ihr immer besser«, sagte Georgina.

»Alles ist relativ, nehme ich an«, sagte Lisa.

»Könnte es doch nicht, oder?« fragte ich.

»Nicht ranlassen«, sagte Georgina. »Gut aufpassen.«

# DER SCHATTEN DES WIRKLICHEN

Mein Analytiker ist inzwischen tot. Bevor er mein Analytiker war, war er mein Therapeut, und ich mochte ihn gern. Die Aussicht von seinem Sprechzimmer im Erdgeschoß des Gebäudes mit den geschlossenen Stationen war erholsam: Bäume, Wind, Himmel. Ich war oft still. Es gab so wenig Stille auf unserer Station. Ich sah die Bäume an und sagte nichts, und er sah mich an und sagte nichts. Es war ein einträchtiges Schweigen. Ab und zu sagte er etwas. Einmal schlief ich in meinem Sessel ihm gegenüber kurz ein, nach einer Nacht voller Streit und Geschrei auf unserer Station.

»Sie wollen mit mir schlafen«, krähte er triumphierend.

Ich öffnete die Augen und sah ihn an. Käsig, mit frühzeitiger Glatze und bleichen Tränensäcken unter den Augen, war er keiner, mit dem ich hätte schlafen wollen.

Meistens jedoch war er in Ordnung. Es beruhigte mich, in seinem Sprechzimmer zu sitzen, ohne mich erklären zu müssen.

Aber er konnte mich nicht in Ruhe lassen. Er fragte mich: »Was denken Sie?« Ich wußte nie, was ich sagen sollte. Mein Kopf war leer, und ich hatte es gern so. Dann fing er an, mir zu sagen, was vielleicht in mir vorging. »Sie scheinen heute traurig zu sein«, sagte er etwa, oder: »Heute scheint Sie irgendwas zu verwirren.«

Natürlich war ich traurig und verwirrt. Ich war achtzehn, es war Frühling, und ich war hinter Gittern.

Mit der Zeit sagte er so viel Falsches über mich, daß ich ihn richtigstellen mußte, was er von Anfang an beabsichtigt hatte.

Es irritierte mich, daß er seinen Willen bekommen hatte. Schließlich wußte ich schon, was ich fühlte; er war derjenige, der es nicht wußte. Er hieß Melvin. Deswegen tat er mir leid.

Auf dem Weg von unserer Station zu dem Gebäude mit den geschlossenen Stationen sah ich ihn oft zu seinem Sprechzimmer fahren. Normalerweise fuhr er einen Kombi mit Innenverkleidung aus Holzimitat, aber gelegentlich fuhr er einen schnittigen schwarzen Buick mit ovalen Fenstern und Plastikdach. Dann schoß er eines Tages in einem spitzen grünen Sportwagen an mir vorbei, den er quietschend auf seinem Parkplatz zum Stehen brachte.

Ich fing an zu lachen, während ich draußen vor seinem Sprechzimmer stand, denn ich hatte etwas von ihm verstanden, und es war komisch. Ich konnte es nicht erwarten, ihm das zu erzählen.

Als ich in sein Sprechzimmer kam, sagte ich: »Sie haben drei Autos, stimmt's?«

Er nickte.

»Den Kombi, die Limousine und den Sportwagen.«

Er nickte wieder.

»Das ist die Psyche!« sagte ich. Ich war aufgeregt. »Sehen Sie mal, der Kombi ist das Ich, robust und zuverlässig, und die Limousine ist das Über-Ich, weil sie so ist, wie Sie sich darstellen wollen, stark und imponierend, und der Sportwagen ist das Es – er ist das Es, weil er unbezwinglich und schnell und gefährlich ist und vielleicht ein bißchen verboten.« Ich lächelte ihn an. »Der ist neu, oder? Der Sportwagen?«

Diesmal nickte er nicht.

»Finden Sie das nicht toll?« fragte ich ihn. »Finden Sie es nicht toll, daß Ihre Autos Ihre Psyche sind?«

Er sagte nichts. Kurz darauf fing er an, mir zuzusetzen, ich solle eine Analyse beginnen.

»Wir kommen nicht weiter«, sagte er häufig. »Ich glaube, eine Analyse ist angebracht.«

»Warum wird das anders sein?« wollte ich wissen.

»Wir kommen nicht weiter«, sagte er dann noch einmal.

Nach ein paar Wochen änderte er seine Taktik.

»Sie sind die einzige Patientin in diesem Krankenhaus, die eine Analyse aushalten könnte«, sagte er.

»Ach ja? Wieso?« Ich glaubte ihm nicht, aber es machte mich neugierig.

»Man braucht eine recht gut integrierte Persönlichkeit, um eine Analyse zu machen.«

Erfüllt von dem Gedanken an meine recht gut integrierte Persönlichkeit ging ich auf die Station zurück. Ich sagte es niemandem. Das wäre Angeberei gewesen. Wenn ich zu Lisa gesagt hätte: »Ich habe eine ziemlich gut integrierte Persönlichkeit, und deswegen mache ich bei Melvin eine Analyse«, hätte sie Kotzgeräusche von sich gegeben und gesagt: »Arschlöcher! Die erzählen dir doch alles!«, und ich hätte sie nicht gemacht.

Aber ich behielt es für mich. Er hatte mir geschmeichelt – er verstand mich so gut, daß er wußte, wie ich mich nach Schmeichelei sehnte –, und aus Dankbarkeit willigte ich ein.

Jetzt hatte ich Ausblick auf eine Wand, eine weißliche, eintönige Wand. Keine Bäume, kein Melvin, der mich geduldig ansah, während ich wegsah. Ich konnte jedoch seine Gegenwart spüren, und sie war kalt und hart. Das einzige, was er sagte, war »Ja?« und »Könnten Sie mehr dazu sagen?« Wenn ich sagte: »Ich hasse es, diese beknackte Wand anzuglotzen«, sagte er: »Könnten Sie mehr dazu sagen?« Wenn ich sagte: »Ich hasse diesen Analsysekram«, sagte er: »Ja?«

Einmal fragte ich ihn: »Warum sind Sie so anders? Früher waren Sie mein Freund.«

»Könnten Sie mehr dazu sagen?«

Ich begann meine Analyse im November, während ich noch Ausgang in der Gruppe hatte. Fünfmal pro

Woche schloß ich mich einer Herde Patientinnen an, die zu Ärzten wollten und von einer Krankenschwester geführt wurden. Doch die meisten Sprechzimmer waren im Verwaltungsgebäude, welches in entgegengesetzter Richtung zum Gebäude mit den geschlossenen Stationen lag. Ausgang in der Gruppe zu haben war daher so, als müßte ich mit einer ungünstigen Buslinie fahren. Ich beschwerte mich. Und ich bekam Ausgang mit Ziel.

Jetzt begann meine Stunde mit einem Anruf im Schwesternzimmer, um zu sagen, daß ich in Melvins Sprechzimmer angekommen war. Sie endete damit, daß ich anrief, um zu sagen, daß ich nun wieder ging.

Melvin paßte die Telefoniererei nicht. Er kniff die Augen zusammen, während ich telefonierte. Er behielt das Telefon nah bei sich auf dem Schreibtisch. Jeden Tag mußte ich ihn bitten, es zu mir herüberzuschieben, damit ich es benutzen konnte.

Vielleicht beschwerte er sich, denn bald bekam ich Ausgang im Park – nur, um zur Therapie zu gehen, aber das war wenigstens etwas. Bei anderen Aktivitäten hatte ich immer noch Ausgang in der Gruppe.

So kam es, daß ich im Dezember, als ich mit Georgina und ein paar anderen zum Abendbrot in die Cafeteria ging, die unterirdischen Gänge entdeckte.

Wir sagen, Columbus habe Amerika entdeckt und Newton die Schwerkraft, so als hätte es Amerika und die Schwerkraft nicht gegeben, bevor Columbus und

Newton Wind davon bekamen. Genauso ging es mir in bezug auf diese Gänge. Für alle anderen waren sie nichts Neues, aber auf mich machten sie einen derartigen Eindruck, daß ich das Gefühl hatte, sie selbst ins Leben gerufen zu haben.

Es war ein typischer Dezembertag in der Bostoner Gegend: blechfarbene Wolken, die mit flachen, wäßrigen Schneeflocken vermischte Regenschauer ausspuckten, und gerade so viel Wind, daß man zusammenschauerte.

»Gänge«, sagte die Krankenschwester.

Hinaus durch die doppelt abgeschlossenen Doppeltüren und die Treppe hinunter wie üblich – unsere Station war im ersten Stock, wegen der zusätzlichen Sicherheit. Es gab viele Türen im Gang, und eine davon führte nach draußen. Die Schwester öffnete eine andere, und wir gingen eine zweite Treppe hinunter. Dann waren wir in den unterirdischen Gängen.

Erst einmal ihr herrlicher Geruch: Sie rochen nach Wäsche, sauber, warm und leicht elektrisch, wie angewärmte Stromkabel. Dann ihre Temperatur: Knapp dreißig Grad, und das bei null Grad draußen, wahrscheinlich sogar unter Null, wenn man die Windabkühlung berücksichtigte (obwohl in den unschuldigen sechziger Jahren der Windabkühlungsfaktor, wie die Digitalzeit, noch nicht entdeckt worden war). Ihr zitterndes gelbes Licht, ihre langen, gelbgekachelten Wände und gewölbten Decken, ihre Gabelungen und

Kurven und nicht gewählten Abzweigungen, deren gelbe Öffnungen wie glänzende offene Mäuler lockten. Hier und dort, auf weißen Kacheln, die in das Gelb eingebettet waren, gab es Wegweiser: CAFETERIA, VERWALTUNG, EAST HOUSE.

»Das ist toll«, sagte ich.

»Bist du noch nie hier unten gewesen?« fragte Georgina.

Ich fragte die Krankenschwester: »Laufen die unter dem ganzen Krankenhaus entlang?«

»Ja«, sagte sie. »Man kommt überall hin. Allerdings kann man sich leicht verlaufen.«

»Und die Wegweiser?«

»Das sind eigentlich nicht genug.« Sie kicherte. Sie war in Ordnung und hieß Ruth. »Hier steht EAST HOUSE«, sie zeigte hoch, »aber dann kommt man zu einer Gabelung, und da steht gar nichts.«

»Was macht man dann?«

»Man muß den Weg eben kennen«, sagte sie.

»Darf ich hier allein runtergehen?« fragte ich. Ich war nicht überrascht, als Ruth sagte, das dürfe ich nicht. Die Gänge wurden meine Leidenschaft.

»Hat jemand Zeit, mit mir runter in die Gänge zu gehen?« fragte ich jeden Tag. Ungefähr einmal in der Woche nahm jemand mich mit.

Und dann waren sie da, immer warm und sauber und gelb und verheißungsvoll, immer pulsierend von Heizungs- und Wasserrohren, die bei ihrer Arbeit sangen und pfiffen. Und alles miteinander verbunden, alles ging auf seinem eigenen Weg wohin auch immer.

»Das ist, als wäre man in einer Landkarte – nicht als würde man sie lesen, sondern als wäre man in der Landkarte drin«, sagte ich eines Tages zu Ruth, als sie mich mit hinuntergenommen hatte. »Eher wie der Plan von etwas als wie die Sache selbst.« Sie sagte nichts, und ich wußte, daß ich eigentlich aufhören sollte, darüber zu reden, aber ich konnte nicht. »Das ist wie das Urbild des Krankenhauses hier unten – wissen Sie, was ich meine?«

»Die Zeit ist um«, sagte Ruth. »In zehn Minuten muß ich Kontrolle machen.«

Im Februar fragte ich Melvin: »Kennen Sie die unterirdischen Gänge?«

»Könnten Sie mir mehr über die unterirdischen Gänge sagen?«

Er wußte nichts davon. Wenn er davon gewußt hätte, hätte er gesagt: »Ja?«

»Unter dem gesamten Krankenhaus laufen Gänge entlang. Alles ist durch Gänge verbunden. Sie könnten reingehen und überall hinkommen. Da unten ist es warm und kuschelig und still.«

»Eine Gebärmutter«, sagte Melvin.

»Nein, keine Gebärmutter«, sagte ich.

»Ja.«

Wenn Melvin ohne fragende Intonation *Ja* sagte, meinte er *Nein*.

»Sie sind das Gegenteil von einer Gebärmutter«, sagte ich. »Eine Gebärmutter führt nirgends hin.« Ich dachte angestrengt nach, wie ich Melvin die Gänge erklären sollte. »Sehen Sie, das Krankenhaus ist eine Gebärmutter. Man kommt nirgends hin, und es ist laut, und man hängt fest. Die Gänge sind wie ein Krankenhaus ohne den Ärger.«

Er sagte nichts, und ich sagte nichts. Dann hatte ich noch eine Idee.

»Erinnern Sie sich an die Schatten an der Höhlenwand?«

»Ja.«

Er erinnerte sich nicht daran.

»Plato hat gesagt, alles auf der Welt sei nur der Schatten von etwas Wirklichem, das wir nicht sehen können. Und das Wirkliche ist nicht so wie der Schatten, es ist eine Art Urding, wie ein...« Eine Weile wollte mir nicht einfallen, wie was. »Wie ein Urtisch.«

»Könnten Sie mehr dazu sagen?«

Der Urtisch war kein gutes Beispiel gewesen. »Das ist wie bei einer Neurose«, sagte ich. Das dachte ich mir gerade aus. »Als ob man wütend ist, und das ist das Wirkliche, und was man sieht, ist aber, daß man Angst hat, daß Hunde einen beißen. Weil man eigentlich selbst alle Leute beißen will. Verstehen Sie?«

Jetzt, da ich es gesagt hatte, fand ich es recht überzeugend.

»Warum sind Sie wütend?« fragte Melvin.

Er starb jung, an einem Schlaganfall. Ich war seine erste Analysepatientin; das fand ich heraus, nachdem ich die Analyse abgebrochen hatte. Ein Jahr, nachdem ich aus der Klinik gekommen war, hatte ich sie abgebrochen. Ich hatte ein für allemal genug von der Wühlerei in den Schatten.

# STIGMATOGRAPHIE

Die Klinik hatte eine Anschrift, 115 Mill Street. Sie diente als Deckadresse für den Fall, daß es einer von uns so gut ging, daß sie sich für einen Job bewarb, während sie noch eingesperrt war. Diese Adresse bot etwa genausoviel Schutz, wie 1600 Pennsylvania Avenue geboten hätte.

»Lassen Sie mal sehen, neunzehn Jahre alt, wohnhaft in 1600 Pennsylvania Avenue – hey! Das ist ja das Weiße Haus!«

Das war die Art Blick, die wir von potentiellen Arbeitgebern zugeworfen bekamen, allerdings nicht so erfreut.

In Massachusetts ist 115 Mill Street eine bekannte Adresse. Sich um eine Stelle zu bewerben, eine Wohnung zu mieten, den Führerschein zu machen: alles problematisch. Auf dem Antrag für den Führerschein wurde sogar gefragt: Sind Sie wegen psychischer Krankheiten in stationärer Behandlung gewesen? Aber nein, Belmont gefiel mir einfach so gut, daß ich beschlossen hatte, in die 115 Mill Street zu ziehen.

*Sehr geehrte Herren!*

*Hiermit teile ich Ihnen mit, daß Miss Susanna N. Kaysen seit dem 27. April 1967 wegen einer psychischen Erkrankung als Patientin von mir betreut wird. In Kürze wird sie die Klinik verlassen und unter der oben angegebenen Adresse wohnen. Mir erscheint es wichtig für Miss Kaysens physisches und geistiges Wohlergehen, daß wir uns über das Telefon leicht erreichen können. Ich bitte Sie daher dringend, ihr jede mögliche Unterstützung dabei zu gewähren, daß sie zum frühestmöglichen Zeitpunkt ein Telefon erhält.*

*Mir ist klar, daß die Gesellschaft wegen des Streiks kürzlich eine schwierige Zeit durchgemacht hat und noch durchmacht. Ich freue mich, daß er beendet werden konnte. Ich bedanke mich noch einmal für Ihre Bemühungen, Miss Kaysen zu helfen.*

*Mit freundlichen Grüßen*

September 4, 1968

New England Telephone Co.
165 Franklin Street
Boston, Massachusetts

Re: Miss Susanna N. Kaysen
[redacted] Callender Street
Cambridge, Massachusetts

Gentlemen:

This is to inform you that Miss Susanna N. Kaysen has been a patient under my care for psychiatric condition since April 27, 1967. She is shortly to leave the hospital and reside at the above address. I feel it important for Miss Kaysen's physical and mental well-being for us to have easy access to one another via telephone contact. I, therefore, urge you to give her whatever assistance you can in obtaining a telephone at the earliest possible date.

I realize that this is and has been a difficult time for the company because of the recent strike which I am happy to see has been settled. Again I express my appreciation for whatever you can do to help Miss Kaysen.

Yours sincerely,

[redacted] M.D.
Psychiatrist In Charge, SB-II

[redacted]/mc

*Sehr geehrter Herr,*

*Mrs. Susanna (Kaysen) Wylie war vom 27. April 1967 bis zum 4. Oktober 1968 im McLean Hospital. Seitdem hat sie geheiratet und übt eine verantwortungsvolle Tätigkeit aus. Zum Zeitpunkt ihrer endgültigen Entlassung, am 3. Januar 1969, lag kein Grund vor, warum sie nicht einen Kraftwagen führen könnte.*

*Sollten Sie weitere Fragen haben, rufen Sie mich bitte an.*

*Mit freundlichen Grüßen*

July 10, 1973

Office of the Registry
40 Spring Street
Watertown, Mass. 02172

Dear Sir:

Mrs. Susanna (Kaysen) Wylie was at McLean Hospital from April 27, 1967, through October 4, 1968. She has subsequently been married and has managed a responsible job. At the time of her outright discharge on January 3, 1969, there was no reason why she could not operate a motor vehicle.

If you have any further questions, please call me.

Sincerely,

[redacted] M.D.

[redacted]/jbw

cc Susanna Wylie

»Sie wohnen hundertfünfzehn Mill Street?« fragte ein kleiner, kellerfarbener Kerl, der einen Kurzwarenladen am Harvard Square leitete, wo ich mich um einen Job bemühte.

»Hm.«

»Und wie lange wohnen Sie da schon?«

»Ach, 'ne ganze Weile.« Ich deutete mit einer Hand die Vergangenheit an.

»Und vermutlich haben Sie 'ne ganze Weile nicht gearbeitet?« Er lehnte sich genüßlich zurück.

»Nein«, sagte ich. »Ich habe nachgedacht.«

Ich kriegte den Job nicht.

Als ich den Laden verließ, sah ich ihm kurz in die Augen, und er warf mir einen Blick von so schrecklicher Vertraulichkeit zu, daß mich schauderte. Ich weiß, was du bist, sagte sein Blick.

Was waren wir, daß sie uns so schnell und so gut erkennen konnten?

Wir waren wahrscheinlich besser als früher, bevor wir in die Klinik gegangen waren. Zumindest waren wir älter und uns unserer selbst mehr bewußt. Viele von uns hatten die Klinikjahre mit Schreien und Ärgermachen verbracht und waren nun bereit, weiterzugehen und etwas anderes zu machen. Wir alle hatten die Freiheit zu schätzen gelernt, weil sie uns gefehlt hatte, und würden tun, was wir konnten, um sie zu bekommen und zu behalten.

Die Frage war: Was konnten wir tun?

Konnten wir jeden Morgen aufstehen und duschen und uns anziehen und zur Arbeit gehen? Konnten wir klar denken? Konnten wir verrückte Sachen nicht sagen, wenn sie uns einfielen?

Manche von uns konnten das, manche von uns konnten es nicht. In den Augen der Welt allerdings waren wir alle mit einem Stigma behaftet.

Abscheu enthält immer eine Spur von Faszination: Könnte mir das passieren? Je unwahrscheinlicher es ist, daß das Schreckliche passiert, desto weniger beängstigend ist es, es anzuschauen oder es sich vorzustellen. Ein Mensch, der weder mit sich selbst redet noch ins Nichts starrt, ist daher beunruhigender als jemand, der solche Dinge tut. Jemand, der sich »normal« verhält, läßt die ungemütliche Frage aufkommen: Welcher Unterschied besteht zwischen diesem Menschen und mir?, die zu der Frage führt: Was hält mich aus dem Irrenhaus heraus?

Das erklärt, warum ein generelles Stigma so nützlich ist.

Manche haben mehr Angst als andere.

»Du warst fast zwei Jahre in der Klapsmühle! Warum bloß? Ich kann das gar nicht fassen!« Übersetzung: Wenn du verrückt bist, bin ich auch verrückt, und ich bin nicht verrückt, also muß das Ganze ein Irrtum gewesen sein.

»Du warst fast zwei Jahre in der Klapsmühle? Was hattest du denn?« Übersetzung: Ich muß die Einzelheiten des Verrücktseins erfahren, damit ich sicher sein kann, daß ich nicht verrückt bin.

»Du warst fast zwei Jahre in der Klapsmühle? Hm. Wann genau war das?« Übersetzung: Bist du noch ansteckend?

Ich erzählte es keinem mehr. Ich hatte nichts davon, es zu erzählen. Je länger ich nicht davon sprach, desto weiter rückte es fort, bis das Ich, das in der Klinik gewesen war, ein winziger Fleck wurde, und das Ich, das nicht darüber sprach, stark und geschäftig war.

Ich fing an, auch Abscheu zu empfinden. Geisteskranke: Ich hatte einen guten Riecher für sie, und ich wollte nichts mit ihnen zu tun haben. Das will ich immer noch nicht. Ich kann mir auf die Fragen, die sie aufwerfen, keine beruhigenden Antworten ausdenken.

Stellt mir diese Fragen nicht! Fragt mich nicht, was das Leben bedeutet oder woher wir wissen, was wirklich ist, oder warum wir so viel leiden müssen. Sprecht nicht darüber, daß nichts sich wirklich anfühlt, daß alles mit Gelatine überzogen ist und wie Öl in der Sonne glänzt. Ich will von dem Tiger in der Ecke oder dem Todesengel oder von Telefonanrufen von Johannes dem Täufer nichts hören. Er könnte mich auch anrufen. Aber ich werde den Hörer nicht abnehmen. Wenn ich, die ich früher abstoßend war, jetzt so weit von meinem verrückten Ich entfernt bin, wie weit sind Sie dann entfernt, wenn Sie nie abstoßend waren, und wieviel tiefer ist Ihr Abscheu?

## NEUES AUS DER DENTOLOGIE

Mein anderthalbjähriger Freiheitsentzug näherte sich dem Ende, und es war an der Zeit, meine Zukunft zu planen. Ich ging auf die Zwanzig zu.

Ich hatte in meinem Leben zwei Jobs gehabt: Drei Monate Gourmet-Küchengeschirr verkauft, von dem ich einen großen Teil fallen ließ und zerbrach; und eine Woche lang in Harvard im Rechnungsbüro getippt, wobei ich Studenten erschreckte, indem ich ihnen Trimesterrechnungen über 10900 Dollar schickte, die eigentlich 1900 Dollar hätten betragen sollen.

Diese Fehler machte ich, weil ich Angst vor dem Bürovorsteher hatte. Der Bürovorsteher war ein eleganter, attraktiver Schwarzer, der den ganzen Tag in den Gängen zwischen den Schreibkräften herumwanderte und uns bei der Arbeit zusah. Er rauchte dabei. Als ich mir eine Zigarette anzündete, stürzte er sich auf mich.

»Sie dürfen nicht rauchen«, sagte er.

»Aber Sie rauchen doch.«

»Schreibkräften ist das Rauchen nicht gestattet.«

Ich sah mich im Raum um. Alle Schreibkräfte waren

Frauen; alle Vorgesetzten waren Männer. Alle Vorgesetzten rauchten; alle Schreibkräfte rauchten nicht.

Als die Pause kam, um Viertel nach zehn, war die Toilette mit rauchenden Schreibkräften vollgestopft.

»Dürfen wir nicht auf dem Gang rauchen?« fragte ich. Draußen vor der Toilette stand ein Aschenbecher.

Aber das durften wir nicht. Wir mußten in der Toilette rauchen. Das andere Problem war die Kleidung.

»Keine Miniröcke«, sagte der Bürovorsteher.

Das brachte mich in die Klemme, denn ich besaß nur Miniröcke und hatte noch kein Geld bekommen.

»Warum nicht?« fragte ich.

»Keine Miniröcke«, wiederholte er.

Rauchen war am Montag, Miniröcke waren am Dienstag. Am Mittwoch trug ich einen schwarzen Minirock mit schwarzer Strumpfhose und hoffte das Beste.

»Keine Miniröcke«, sagte er.

Ich sauste auf die Toilette, um schnell eine zu rauchen. »Rauchen nur in den Pausen«, murmelte er, als er auf seiner nächsten Runde an meinem Schreibtisch vorbeikam.

Und da fing ich an, meine teuren Fehler zu machen. Am Donnerstag winkte er mich an seinen Schreibtisch. Er saß dahinter, rauchend.

»Sie machen Fehler«, sagte er. »Das geht nicht.«

»Wenn ich rauchen dürfte«, sagte ich, »würde ich nicht so viele machen.«

Er schüttelte nur den Kopf.

Am Freitag ging ich nicht hin. Ich rief auch nicht an. Ich lag im Bett, rauchte und dachte über das Büro nach. Je mehr ich darüber nachdachte, desto absurder wurde es. Ich konnte diese ganzen Regeln nicht ernst nehmen. Ich fing an zu lachen, als ich an die Schreibkräfte dachte, wie sie dicht gedrängt in der Toilette standen und rauchten.

Aber es war mein Job. Und nicht nur das – ich war die einzige, die Probleme mit den Regeln hatte. Alle anderen akzeptierten sie.

War das ein Zeichen für meine Verrücktheit?

Das ganze Wochenende lang dachte ich darüber nach. War ich verrückt oder hatte ich recht? 1967 war diese Frage schwer zu beantworten. Selbst fünfundzwanzig Jahre später ist diese Frage noch schwer zu beantworten.

Sexismus! Es war reiner Sexismus – ist das nicht die Antwort? Das stimmt, es war Sexismus. Aber ich habe immer noch Probleme mit Regeln über das Rauchen. Jetzt haben wir den Rauchismus. Das ist einer der Gründe, warum ich Schriftstellerin wurde: damit ich in Frieden rauchen kann.

»Schriftstellerin«, sagte ich, als meine Sozialarbeiterin mich fragte, was ich vorhätte, wenn ich aus dem Krankenhaus käme. »Ich werde Schriftstellerin.«

»Das ist ein schönes Hobby, aber wie wollen Sie Ihren Lebensunterhalt verdienen?«

Meine Sozialarbeiterin und ich mochten uns nicht. Ich mochte sie nicht, weil sie nicht verstand, daß *ich* das war, und ich wollte Schriftstellerin werden; ich wollte weder Trimesterrechnungen tippen noch Auflaufformen verkaufen oder irgendwas anderes Blödes machen. Sie mochte mich nicht, weil ich arrogant und unkooperativ war und wahrscheinlich immer noch verrückt, denn ich bestand darauf, Schriftstellerin zu werden.

»Zahntechnikerin«, sagte sie. »Genau das Richtige. Die Ausbildung dauert nur ein Jahr. Ich bin sicher, daß Sie die Aufgaben bewältigen könnten.«

»Sie verstehen das nicht«, sagte ich.

»Nein, *Sie* verstehen das nicht«, sagte sie.

»Ich hasse Zahnärzte.«

»Es ist eine schöne, saubere Arbeit. Sie müssen realistisch sein.«

»Valerie«, sagte ich, als ich auf die Station zurückkam, »sie will, daß ich Zahntechnikerin werde. Das ist unmöglich.«

»Aha?« Valerie schien es auch nicht zu verstehen. »Das ist nicht schlecht. Schöne, saubere Arbeit.«

Zum Glück bekam ich einen Heiratsantrag, und sie ließen mich raus. Einen Heiratsantrag verstand 1968 jeder.

# TOPOGRAPHIE DER ZUKUNFT

Weihnachten in Cambridge. Die Harvardstudenten aus New York und Oregon hatten mit den Columbia- und Reedstudenten aus Cambridge die Plätze getauscht: Die Reise nach Jerusalem in den Ferien.

Der Bruder meines Freundes, der eines gewaltsamen Todes sterben sollte – aber das wußten wir noch nicht; sein Tod lag fast zwei Jahre in der Zukunft –, ging mit mir ins Kino, wo ich meinen zukünftigen Ehemann kennenlernte. Unsere Hochzeit lag ebenfalls zwei Jahre in der Zukunft.

Wir trafen uns vor dem Brattle Theatre. Es gab *Kinder des Olymp.* Und in der hellen, trockenen Dezemberluft wirkte Cambridge an diesem Abend selbst wie eine Art Olymp, ein Paradies mit Lichtern und Leuten, die Weihnachtseinkäufe machten, und schönem, trockenem Schnee. Der Schnee fiel auf das schöne blonde Haar meines zukünftigen Mannes. Sie waren zusammen zur High-School gegangen, der Bruder meines todgeweihten Freundes und er. Jetzt war er für die Weihnachtsferien von Reed nach Hause gekommen.

Ich saß zwischen ihnen in der Loge, wo wir rauchen durften. Lange bevor Baptiste Garance in der Menge verlor, hatte mein zukünftiger Mann meine Hand genommen. Er hielt sie immer noch, als wir aus dem Kino kamen, und der Bruder meines Freundes ließ uns taktvoll allein, im wirbelnden, verschneiten abendlichen Cambridge.

Er wollte mich nicht gehen lassen. Wir waren von dem Film angesteckt, und Cambridge war an jenem Abend wunderschön, voller Möglichkeiten und Leben. Wir verbrachten die Nacht zusammen, in einer Wohnung, die er von einem Freund borgte.

Er ging wieder nach Reed; ich verkaufte wieder Knoblauchpressen und Madeleineförmchen. Dann brach die Zukunft über mich herein, und ich vergaß ihn.

Er vergaß mich nicht. Als er in jenem Frühling seinen Abschluß gemacht hatte und nach Cambridge zurückkehrte, spürte er mich in der Klinik auf. Er würde den Sommer in Paris verbringen, sagte er, aber er würde mir schreiben. Er würde nicht vergessen, mir zu schreiben, sagte er.

Ich schenkte dem keine Beachtung. Er lebte in einer Welt mit Zukunft und ich nicht.

Als er aus Paris zurückkam, stand es schlecht: Torreys Weggehen, die Frage nach meinen Knochen, die Sorge darum, wieviel Zeit ich im Zahnarztstuhl verloren hatte. Ich wollte ihn nicht sehen. Ich sagte den Schwestern, ich sei zu erregt.

»Es ist unmöglich! Ich bin zu erregt.«

Statt dessen unterhielten wir uns am Telefon. Er wollte nach Ann Arbor ziehen. Von mir aus gern.

Ann Arbor gefiel ihm nicht. Acht Monate später war er wieder da und wollte mich besuchen.

Es stand nicht mehr so schlecht. Ich hatte viel Ausgang. Wir gingen ins Kino, wir kochten gemeinsam in seiner Wohnung, wir sahen uns die tägliche Leichenzählung in den Sieben-Uhr-Nachrichten an. Um halb zwölf rief ich dann ein Taxi und fuhr zurück in die Klinik.

In jenem Spätsommer wurde die Leiche meines Freundes auf dem Boden eines Fahrstuhlschachtes entdeckt. Es war ein heißer Sommer, und seine Leiche war zum Teil verwest. Seine Zukunft endete dort, in einem Keller, an einem heißen Tag.

An einem Septemberabend kam ich früher als sonst in die Klinik zurück, vor elf. Lisa saß mit Georgina in unserem Zimmer.

»Ich habe heute abend einen Heiratsantrag bekommen«, sagte ich.

»Was hast du gesagt?« fragte Georgina.

»Ich habe einen Heiratsantrag bekommen«, sagte ich. Als ich es zum zweitenmal sagte, überraschte es mich mehr.

»Zu ihm«, sagte Georgina. »Was hast du zu ihm gesagt?«

»Ich habe ja gesagt«, sagte ich.

»Du willst ihn heiraten?« fragte Lisa.

»Sicher«, sagte ich. Völlig sicher war ich mir allerdings nicht.

»Und was dann?« sagte Georgina.

»Wie meinst du das?«

»Was passiert, wenn ihr verheiratet seid?«

»Weiß ich nicht«, sagte ich. »Darüber hab' ich noch nicht nachgedacht.«

»Denk mal lieber darüber nach«, sagte Lisa.

Ich versuchte es. Ich schloß die Augen und stellte mir vor, wie wir in der Küche schnitzelten und rührten. Ich stellte mir das Begräbnis meines Freundes vor. Ich stellte mir vor, wie wir ins Kino gingen.

»Nichts«, sagte ich. »Es ist ruhig. Es ist wie – ich weiß nicht, wie. Es ist, als ob man von einer Klippe fällt.« Ich lachte. »Ich glaube, mein Leben hört einfach auf, wenn ich heirate.«

Es hörte nicht auf. Es war auch nicht ruhig. Und schließlich verlor ich ihn. Ich verlor ihn mit Absicht, so wie Garance Baptiste in der Menge verlor. Ich hatte das Gefühl, allein sein zu müssen. Ich wollte allein in meine Zukunft gehen.

## GEMÜT CONTRA GEHIRN

Wie immer wir es auch nennen – Gemüt, Verstand, Wesen, Seele –, wir nehmen gerne an, daß wir etwas besitzen, das größer ist als die Summe unserer Neuronen und das uns »beseelt«.

Es stellt sich jedoch heraus, daß ein großer Teil des Gemütes Gehirnmasse ist. Ein Gedächtnis ist ein bestimmtes Muster von zellulären Veränderungen an bestimmten Stellen in unseren Köpfen. Eine Stimmung ist ein bestimmtes Verhältnis von Neurotransmittern: Zuviel Acetylcholin, nicht genug Serotonin, und man hat eine Depression.

Was also bleibt vom Gemüt übrig?

Vom Serotoninmangel bis zu dem Gedanken, die Welt sei »schal, flach und unersprießlich«, ist es ein weiter Weg, und sogar noch weiter ist es bis zum Verfassen eines Dramas über einen Mann, der von diesem Gedanken umgetrieben wird. Das läßt viel Raum für Gemüt. Irgend etwas übersetzt das Geklapper neurologischer Aktivitäten.

Aber ist dieser Dolmetscher notwendigerweise metaphysisch und körperlos? Besteht er nicht vielleicht aus einer Zahl – einer ungeheuren Zahl – von Hirnfunktionen, die parallel arbeiten? Wenn das gesamte Netzwerk gleichzeitiger, winziger Vorgänge, die einen Gedanken ausmachen, identifiziert und aufgezeichnet würde, dann wäre »Gemüt« vielleicht sichtbar.

Der Dolmetscher ist überzeugt, daß man es weder aufzeichnen noch sehen kann. »Ich bin dein Gemüt«, behauptet er. »*Mich* kannst du nicht in Dendriten und Synapsen zerlegen.«

Er steckt voller Behauptungen und Argumente. »Du bist etwas deprimiert, weil du auf der Arbeit soviel Streß hast«, sagt er. (Er sagt nie: »Du bist etwas deprimiert, weil dein Serotoninspiegel gesunken ist.«)

Manchmal sind seine Übersetzungen nicht glaubhaft, zum Beispiel, wenn man sich in den Finger schneidet und er losschreit: »Du stirbst gleich!« Manchmal sind sie unwahrscheinlich, zum Beispiel, wenn er sagt: »Fünfundzwanzig Schokoladenkekse wären genau das richtige zum Abendbrot.«

Oft weiß er also nicht, wovon er spricht. Und wenn man entscheidet, daß er sich irrt, wer oder was trifft dann diese Entscheidung? Ein zweiter, übergeordneter Dolmetscher?

Warum sollten es nur zwei sein? Das ist das Problem bei diesem Modell. Es ist endlos. Jeder Dolmetscher braucht einen Chef, dem er unterstellt ist.

Aber etwas an diesem Modell beschreibt das Wesen

unserer Erfahrung des Bewußtseins. Es gibt Gedanken, und dann gibt es das Nachdenken über Gedanken. Sie scheinen recht verschiedene Aspekte von Gehirnfunktionen darzustellen.

Es geht darum, daß das Gehirn Selbstgespräche führt und durch diese Selbstgespräche seine Wahrnehmungen verändert. Um eine neue Version des nicht völlig falschen Modells zu erhalten, stellen Sie sich den ersten Dolmetscher als Auslandskorrespondenten vor, der aus der Welt berichtet. Die Welt ist in diesem Fall alles außer- oder innerhalb unseres Körpers, einschließlich des Serotoninspiegels im Gehirn. Der zweite Dolmetscher ist ein neuer Experte, der Kommentare schreibt. Jeder liest die Artikel des anderen. Der eine braucht Daten, der andere braucht einen Überblick. Sie beeinflussen sich gegenseitig. Sie führen Dialoge:

*Dolmetscher eins:* Schmerz im linken Fuß, hinten am Hacken.
*Dolmetscher zwei:* Ich glaube, das liegt daran, daß der Schuh zu eng ist.
*Dolmetscher eins:* Hab' ich kontrolliert. Hab' den Schuh ausgezogen. Fuß tut immer noch weh.
*Dolmetscher zwei:* Hast du ihn angeguckt?
*Dolmetscher eins:* Mach' ich gerade. Er ist rot.
*Dolmetscher zwei:* Kein Blut?
*Dolmetscher eins:* Nee.

*Dolmetscher zwei:* Denk nicht mehr dran.
*Dolmetscher eins:* Okay.

Eine Minute später kommt jedoch ein weiterer Bericht.

*Dolmetscher eins:* Schmerz im linken Fuß, am Hacken.
*Dolmetscher zwei:* Das weiß ich bereits.
*Dolmetscher eins:* Tut immer noch weh. Jetzt ist er angeschwollen.
*Dolmetscher zwei:* Das ist bloß eine Blase. Macht nichts.
*Dolmetscher eins:* Okay.

Zwei Minuten später.

*Dolmetscher zwei:* Pul nicht daran herum!
*Dolmetscher eins:* Wenn ich sie aufdrücke, tut es nicht mehr so weh.
*Dolmetscher zwei:* Das glaubst du bloß. Finger davon!
*Dolmetscher eins:* Okay. Tut aber immer noch weh.

Geisteskrankheit scheint ein Kommunikationsproblem zwischen den Dolmetschern eins und zwei zu sein. Ein Beispiel für Verwirrung:

*Dolmetscher eins:* Da ist ein Tiger in der Ecke.
*Dolmetscher zwei:* Nein, das ist kein Tiger – das ist ein Schreibtisch.

*Dolmetscher eins:* Das ist ein Tiger, das ist ein Tiger!
*Dolmetscher zwei:* Sei nicht albern. Komm, wir gukken uns das mal an.

Dann versammeln sich alle Dendriten und Neuronen und Serotoninspiegel und Dolmetscher und trotten in die Ecke hinüber.

Wenn man nicht verrückt ist, ist die Versicherung des zweiten Dolmetschers, es handle sich um einen Schreibtisch, für den ersten Dolmetscher akzeptabel. Wenn man aber verrückt ist, siegt die Sichtweise des ersten Dolmetschers, die Tigertheorie.

Das Problem ist hier, daß der erste Dolmetscher tatsächlich einen Tiger sieht. Die Botschaften, die die Neuronen sich zuschicken, sind irgendwie nicht richtig. Die freigesetzten chemischen Substanzen sind die falschen, oder die Impulse gelangen an die falschen Schaltstellen. Offensichtlich passiert das häufig, aber der zweite Dolmetscher springt ein, um so etwas wieder geradezubiegen.

Stellen Sie sich vor, Sie säßen in einem Zug, der neben einem anderen Zug im Bahnhof steht. Wenn der andere Zug sich in Bewegung setzt, sind Sie überzeugt, daß Ihrer losfährt. Das Rattern des anderen Zuges kommt Ihnen vor wie das Rattern Ihres eigenen Zuges, und Sie sehen, wie Ihr Zug den anderen Zug zurückläßt. Es kann ein Weilchen dauern – vielleicht sogar eine halbe Minute –, bis der zweite Dolmetscher die

Behauptung des ersten, daß eine Bewegung stattfinde, überprüft und korrigiert hat. Das liegt daran, daß es schwer ist, die Gültigkeit von Sinneseindrücken anzuzweifeln. Wir sind so konstruiert, daß wir ihnen glauben.

Die Situation im Zug ist nicht das gleiche wie eine optische Täuschung. Eine optische Täuschung enthält tatsächlich zwei Wirklichkeiten. Es ist nicht so, daß die Vase falsch wäre und die Gesichter richtig; beides ist richtig, und das Gehirn springt zwischen zwei vorhandenen Mustern, die es als verschieden erkennt, hin und her. Man kann sich zwar schwindlig machen, indem man von der Vase zum Gesicht und wieder zurück springt, aber man kann seinen Realitätssinn nicht so erschüttern wie in dem Beispiel mit dem Zug.

Manchmal kann man, wenn man erkannt hat, daß der eigene Zug sich in Wirklichkeit nicht bewegt, eine weitere halbe Minute zwischen den beiden Bereichen des Bewußtseins in der Schwebe bleiben – zwischen dem, der weiß, daß man sich nicht bewegt, und dem, der fühlt, daß man sich bewegt. Man kann zwischen diesen beiden Wahrnehmungen hin- und herspringen und eine Art geistiges Schwindelgefühl erfahren. Und wenn man das tut, bewegt man sich auf dem Boden der Verrücktheit – an einem Ort, an dem trügerische Sinneseindrücke alle Kennzeichen der Wirklichkeit aufweisen.

Freud hat gesagt, Psychotiker seien nicht analysierbar, weil sie nicht zwischen Phantasie und Realität unterscheiden könnten (Tiger gegen Schreibtisch), und die Analyse arbeitet mit ebendieser Unterscheidung. Der Patient muß die oft phantastischen Annahmen des ersten Dolmetschers offenlegen und sie mit Hilfe des zweiten überprüfen. Die Hoffnung ist, daß der zweite Dolmetscher genug Verstand und Klugheit besitzt oder sich aneignen kann, um einige der lächerlichen Behauptungen, die der erste Dolmetscher über die Jahre gemacht hat, zu widerlegen.

Sie sehen, warum es als gutes Zeichen gilt, wenn man an seiner eigenen Verrücktheit zweifelt: Das ist eine Art wild fuchtelnder Reaktion des zweiten Dolmetschers. Was geht hier vor? fragt der zweite Dolmetscher. Der sagt, das sei ein Tiger, aber das überzeugt mich nicht. Vielleicht stimmt etwas mit mir nicht. Darin liegt genug Zweifel, um der »Wirklichkeit« einen Ansatzpunkt zu geben.

Ohne Zweifel keine Analyse. Jemand, der hereinkommt und etwas von Tigern erzählt, bekommt Thorazine angeboten, nicht die Couch.

Was geschieht in dem Moment, wenn der Arzt Thorazine vorschlägt, mit den geistigen Aufzeichnungen über Geisteskrankheit, die er sich gemacht hat? Ein paar Stunden vorher besaß der Arzt eine innere Landkarte, die in Über-Ich, Ich und Es eingeteilt war, wobei sich alle möglichen verschnörkelten, vielleicht sogar zerrissenen Linien zwischen diesen drei Gebieten entlangzogen. Der Arzt behandelte etwas, das er als Psyche oder Gemüt bezeichnet. Plötzlich ist er dabei, ein Gehirn zu behandeln. Dieses Gehirn ist nicht wie eine Psyche aufgebaut, oder, falls es das doch ist, liegt da nicht das Problem. Das Gehirn hat Probleme, die im chemischen und elektrischen Bereich liegen.

»Das ist die Wirklichkeits-Überprüfungs-Funktion«, sagt der Arzt. »Dieses Gehirn ist in bezug auf Wirklichkeit total durcheinander, und ich kann es nicht analysieren. Die anderen Gehirne – Gemüter – waren das nicht.«

Hier stimmt etwas nicht. Man kann ein Stück Obst nicht als Apfel bezeichnen, wenn man es essen will, und als Löwenzahn, wenn man es nicht essen will. Es ist das gleiche Obst, ganz gleich, was man damit vorhat. Und wieviel spricht für eine kategorische Unterscheidung zwischen Gehirnen, die Wirklichkeit erkennen, und solchen, die das nicht tun? Unterscheidet sich ein Gehirn, das Wirklichkeit nicht erkennt, wirklich so sehr von einem Gehirn, das Wirklichkeit erkennt, wie, sagen wir einmal, ein Fuß von einem Gehirn? Das erscheint unwahrscheinlich. Die allgemein akzeptierte Version von Wirklichkeit zu erkennen macht nur eine von Milliarden von Hirntätigkeiten aus.

Wenn die Biochemiker zeigen könnten, wie Neurosen (oder Phobien oder Schwierigkeiten, Freude am Leben zu haben) physisch funktionieren, wenn sie genau bestimmen könnten, welche Chemikalien und Impulse, welche Unterhaltungen und welcher Informationsaustausch innerhalb des Gehirns diese Gefühle ausmachen, würden die Psychoanalytiker dann ihr Es und ihr Ich einpacken und sich aus dem Gebiet zurückziehen?

Aus einem Teilgebiet haben sie sich schon zurückgezogen. Depression, manisch-depressive Erkrankung, Schizophrenie: Alles, was bei der Behandlung immer Ärger einbrachte, wird jetzt chemisch behandelt. Nehmen Sie zwei Lithium und rufen Sie mich morgens nicht an, denn es gibt nichts zu sagen; es ist angeboren. Einige kooperative Bemühungen – von der Art, wie das Gehirn sie unternimmt – wären hier nützlich.

Fast ein Jahrhundert lang haben die Psychoanalytiker Kommentare über die Vorgänge in einem Land geschrieben, das sie nie bereist haben, das, wie China, Sperrgebiet war. Plötzlich hat das Land seine Grenzen geöffnet und wimmelt von ausländischen Korrespondenten; Neurobiologen schreiben wöchentlich zehn Artikel mit neuen Erkenntnissen. Diese beiden Gruppen von Verfassern scheinen jedoch die Arbeiten der jeweils anderen Gruppe nicht zu lesen.

Das liegt daran, daß die Analytiker über ein Land schreiben, das sie Gemüt nennen, und daß die Neurologen aus einem Land berichten, das sie Gehirn nennen.

*Beurlaubung, Zusammenfassung*

*G. Formale Diagnose*
*Schizophrene Reaktion, paranoider Typ (Borderline) – gegenwärtig in Remission. Patientin zeigt passiv-aggressive und passiv-abhängige Persönlichkeitszüge.*

*Fallbericht – Forts.*

*B. Prognose: Als Ergebnis des Krankenhausaufenthaltes ist zu erwarten, daß der depressive Affekt und die Selbstmordtendenz zurückgehen. Der Grad an Persönlichkeitsintegration und Egofunktion, der langfristig erreicht werden kann, ist schwer vorauszusagen. Wir dürfen sagen, daß die Patientin bei einer guten, intensiven Arbeitsbeziehung in der Therapie und einer erfolgreichen Beziehung zur Klinik möglicherweise fähig ist, zufriedenstellendere Mittel der Anpassung zu finden. Trotzdem ist wegen des chronischen Krankheitsbildes und der grundlegenden Mängel in der Persönlichkeitsstruktur eine vollständigere Genesung derzeit nicht zu erwarten. Die Patientin kann jedoch lernen, innerhalb der Grenzen ihrer Persönlichkeit klügere Entscheidungen für sich zu treffen, so daß sie fähig ist, wenn nötig eine zufriedenstellende abhängige Beziehung zu erreichen, die sie für lange Zeit stützen wird.*

No. 22 201 Name KAYSEN, Susanna

1968
9-4

DISCHARGE ON VISIT SUMMARY:

G. Formal Diagnosis:
Schizophrenic reaction, paranoid type (borderline) - currently in remission. Patient is functioning on a passive-aggressive personality, passive-dependent type.

KAYSEN, Susanna N.
Hospital No. 22201



CASE REPORT-CONT'D

B. Prognosis: The resolution of the depressive affect and suicidal drive should be expected as a result of the hospitalization. The degree of personality integration and ego function which may be achieved for the long term is hard to predict. We may say that with a good intensive working relationship in therapy and a successful relationship to the hospital the patient may be able to achieve a more satisfactory means of adapting. Nevertheless because of the chronicity of the illness and the basic deficiencies involved in personality structuring, a more complete recovery is not to be expected at this time. However, the patient may learn to make more wise choices for herself within the boundaries of her personality so that she is able to achieve a satisfactory dependent relationship if necessary which will sustain her for a long period of time.

## BORDERLINE-PERSÖNLICHKEITSSTÖRUNG*

Hauptmerkmal dieser Störung ist ein durchgängiges Muster von Instabilität hinsichtlich des Selbstbildes, der zwischenmenschlichen Beziehungen und der Stimmung. Der Beginn liegt im frühen Erwachsenenalter, und die Störung manifestiert sich in den verschiedensten Lebensbereichen.

In fast allen Fällen tritt eine ausgeprägte und andauernde Identitätsstörung auf. Diese ist häufig massiv ausgeprägt und manifestiert sich in Form von Unsicherheit in den verschiedensten Lebensbereichen, wie zum Beispiel dem Selbstbild, der sexuellen Orientierung, den langfristigen Zielen oder Berufswünschen, in der Art der Freunde oder Partner oder in den persönlichen Wertvorstellungen.

Der Betroffene empfindet diese Instabilität des

* Aus: *Diagnostisches und Statistisches Manual Psychischer Störungen. DSM-III-R.* Übersetzt nach der Revision der Dritten Auflage des *Diagnostic and Statistical Manual on Mental Disorders* der American Psychiatric Association. Deutsche Bearbeitung und Einführung von H.-U. Wittchen, H. Saß, M. Zaudig und K. Koehler. Weinheim und Basel 1989, S. 418f.

Selbstbildes häufig als ein chronisches Gefühl der Leere oder Langeweile.

Zwischenmenschliche Beziehungen sind gewöhnlich instabil und intensiv und zeichnen sich durch einen Wechsel zwischen den beiden Extremen Überidealisierung und Abwertung aus. Die Betroffenen sind nur ungern allein und versuchen, mit allen Mitteln ein reales oder vorgestelltes Verlassenwerden zu verhindern.

Gewöhnlich zeigt sich eine affektive Instabilität. Diese Instabilität findet ihren Ausdruck in ausgeprägten Stimmungsänderungen der Grundstimmung zu Depression, Reizbarkeit oder Angst, wobei diese Verstimmungen gewöhnlich einige Stunden oder, in seltenen Fällen, länger als einige Tage andauern. Weiterhin sind die Betroffenen häufig übermäßig zornig oder können ihren Zorn nicht kontrollieren, was zu Wutausbrüchen oder Prügeleien führt. Sie neigen zu impulsiven Handlungen, insbesondere im Rahmen von Aktivitäten, die potentiell selbstschädigend sind, wie z. B. verschwenderisches Einkaufen, Mißbrauch psychotroper Substanzen, rücksichtsloses Fahren, wahlloser Geschlechtsverkehr, Ladendiebstahl und Freßanfälle.

Bei schweren Formen dieser Störung treten häufig wiederholt Selbstmorddrohungen, -andeutungen oder -versuche oder andere selbstverstümmelnde Verhaltensweisen (z. B. Aufschneiden der Pulsadern) auf. Dieses Verhalten kann dazu dienen, andere zu manipulieren, es kann von starkem Zorn herrühren oder gegen

Gefühle der »Empfindungslosigkeit« und Depersonalisation gerichtet sein, die unter extremer Belastung auftreten…

**Nebenmerkmale:** Bei dieser Störung treten häufig gleichzeitig viele Merkmale anderer Persönlichkeitsstörungen wie der schizotypischen, histrionischen, narzißtischen oder antisozialen Persönlichkeitsstörung auf. In vielen Fällen sind mehrere Diagnosen gerechtfertigt. Häufig haben die Betroffenen eine antisoziale und eine allgemein pessimistische Einstellung. Wechsel zwischen Abhängigkeit und Selbstbehauptung sind üblich. Unter starker Belastung können vorübergehend psychotische Symptome auftreten, deren geringes Ausmaß oder kurze Dauer jedoch keine zusätzliche Diagnose rechtfertigen.

**Beeinträchtigungen:** Die soziale Anpassung und die berufliche Leistungsfähigkeit sind oft erheblich beeinträchtigt.

**Komplikationen:** Dysthyme Störung [depressive Neurose; Anm. d. Autorin], Major Depression, Mißbrauch psychotroper Substanzen und psychotische Störungen, wie z. B. eine kurze reaktive Psychose, kommen als mögliche Komplikationen in Frage. Die Betroffenen können Suizid begehen.

**Geschlechtsverteilung:** Die Störung wird bei Frauen häufiger diagnostiziert.

**Prävalenz:** Die Borderline-Persönlichkeitsstörung tritt offensichtlich häufig auf.

**Prädisponierende Faktoren und familiäre Häufung:** Keine Informationen.

**Differentialdiagnose:** Ein ähnliches klinisches Bild zeigt sich bei der *Identitätsstörung.* Eine Borderline-Persönlichkeitsstörung schließt jedoch die Diagnose einer Identitätsstörung aus, wenn die Kriterien der Persönlichkeitsstörung erfüllt sind, die Störung hinreichend massiv und anhaltend ist und wenn sie mit hoher Wahrscheinlichkeit nicht auf ein Entwicklungsstadium begrenzt ist...

## MEINE DIAGNOSE

Das also waren die Punkte, die gegen mich vorlagen. Ich las sie erst fünfundzwanzig Jahre später. »Eine Charakterstörung«, hatten sie mir damals gesagt.

Ich mußte einen Rechtsanwalt finden, der mir half, meine Akten vom Krankenhaus zu bekommen; ich mußte Zeile 32a auf Vordruck A1 des Krankenblattes und Punkt G auf dem Blatt Beurlaubung und Punkt B von Teil IV des Fallberichtes lesen; dann mußte ich ein Exemplar des *Diagnostischen und Statistischen Manuals Psychischer Störungen* ausfindig machen und die Borderline-Persönlichkeitsstörung nachschlagen, um zu sehen, was sie tatsächlich über mich dachten.

Es ist eine recht exakte Beschreibung von mir als Achtzehnjähriger, abgesehen von ein paar Marotten wie rücksichtslosem Fahren und Freßanfällen.

Sie ist exakt, geht aber nicht in die Tiefe. Natürlich zielt sie nicht darauf ab, in die Tiefe zu gehen. Diese Darstellung ist nicht einmal eine Fallgeschichte. Sie ist eine Zusammenstellung von Richtlinien, eine Verallgemeinerung.

Mich reizt der Versuch, sie zu widerlegen, aber dann würde ich mich den weiteren Anklagepunkten der »Abwehr« und des »Widerstands« aussetzen.

Alles, was ich tun kann, ist, die Einzelheiten zu liefern: eine Diagnose mit Anmerkungen.

»Unsicherheit in den verschiedensten Lebensbereichen wie zum Beispiel dem Selbstbild, der sexuellen Orientierung, den langfristigen Zielen oder Berufswünschen, in der Art der Freunde oder Partner...« Der letzte Teil des Satzes gefällt mir besonders gut. Ich habe diese Unsicherheit immer noch. Ist das die Art Freund oder Partner, die ich haben möchte? frage ich mich jedesmal, wenn ich jemanden kennenlerne. Charmant, aber oberflächlich; warmherzig, aber etwas konventionell; sieht besser aus, als ihm guttut; faszinierend, aber wahrscheinlich unzuverlässig und so weiter. Ich glaube, ich habe meinen Anteil an Unzuverlässigen gehabt. Mehr als meinen Anteil? Wie viele würden mehr als meinen Anteil ausmachen?

Weniger als den Anteil einer anderen – einer, bei der nie eine Borderline-Persönlichkeitsstörung diagnostiziert wurde?

Das ist der Kernpunkt meines Problems hier.

Wenn meine Diagnose zum Beispiel »manisch-depressiv« gelautet hätte, würde die Reaktion auf mich und auf diese Geschichte ein klein wenig anders ausfallen. Das ist ein chemisches Problem, würden Sie sich sagen, manisch-depressive Erkrankung, Lithium und so weiter. Ich wäre irgendwie schuldlos. Und wie wäre es bei Schizophrenie – da würde Ihnen ein Schauer über den Rücken laufen. Das ist schließlich richtiger Wahnsinn. Von Schizophrenie kann man nicht »genesen«. Sie müßten sich fragen, wieviel von dem, was ich Ihnen hier erzähle, wahr ist und wieviel erfunden.

Ich vereinfache, ich weiß. Aber diese Wörter stigmatisieren alles. Die Tatsache, daß ich eingesperrt war, stigmatisiert alles.

Was bedeutet Borderline-Persönlichkeitsstörung überhaupt?

Sie scheint eine Haltestation zwischen Neurose und Psychose zu sein: eine angeknackste, aber nicht demontierte Psyche. Allerdings, um meinen Psychotherapeuten, Melvins Nachfolger, zu zitieren: »So nennen sie Leute, deren Lebensstil sie beunruhigt.

Er darf das sagen, denn er ist Arzt. Wenn ich es sagen würde, würde mir niemand glauben.

Ein Analytiker, den ich schon seit Jahren kenne, hat gesagt: »Freud und sein Kreis dachten, die meisten Menschen wären Hysteriker, in den Fünfzigern waren es dann Psychoneurotiker, und in letzter Zeit haben alle Borderline-Persönlichkeitsstörungen.«

Als ich zum Buchladen an der Ecke ging, um meine Diagnose im *Manual* nachzuschlagen, fiel mir ein, daß ich sie vielleicht nicht mehr darin finden würde. Manchmal werfen sie tatsächlich etwas raus – Homosexualität zum Beispiel. Bis vor kurzem hätte sich eine ganze Reihe meiner Freunde zusammen mit mir in diesem Buch beschrieben gefunden. Sie kamen aus dem Buch heraus und ich nicht. In weiteren fünfundzwanzig Jahren bin ich vielleicht auch nicht mehr drin.

»Unsicherheit in... dem Selbstbild, den langfristigen Zielen oder Berufswünschen... Zwischenmenschliche Beziehungen sind... instabil... Stimmungsänderungen...« Ist das nicht eine gute Beschreibung der Adoleszenz? Niedergeschlagen, unberechenbar, launenhaft, unsicher – kurz: unmöglich.

»Selbstverstümmelnde Verhaltensweisen (z. B. Aufschneiden der Pulsadern)« Ich habe ein bißchen übersprungen. Dieser Satz hat mich überrascht, als ich im Buchladen auf dem Fußboden saß und meine Diagnose las. Aufschneiden der Pulsadern! Etwas daran kam mir bekannt vor. Aufschlagen der Pulsadern oder, genauer gesagt, des Handgelenks. Ich dachte, das hätte ich erfunden.

Das ist der Punkt, an dem mir keiner mehr folgen kann. Das sind die Sachen, für die man eingesperrt wird. Allerdings wußte niemand, daß ich das machte. Ich habe es nie jemandem erzählt, bis heute.

Ich hatte einen Schalensessel. In den Sechzigern hatte in Cambridge jeder einen Schalensessel. Die Metallkante der aufwärtsgerichteten Sitzfläche hatte die ideale Lage zum Handgelenk-Aufschlagen. Ich hatte versucht, Aschenbecher zu zerschlagen und über die Scherben zu laufen, aber ich hatte nicht den Mut, fest aufzutreten. Handgelenk-Aufschlagen – langsam, gleichmäßig, gedankenlos – war eine bessere Lösung. Es war eine kumulative Verletzung, daher war jeder einzelne Schlag erträglich.

Eine Lösung für was? Ich zitiere aus dem *Manual*: »Dieses Verhalten kann... gegen Gefühle der ›Empfindungslosigkeit‹ und Depersonalisation gerichtet sein, die unter extremer Belastung auftreten.«

Ich verbrachte Stunden in meinem Schalensessel und schlug mein Handgelenk auf. Ich machte das abends, so wie Schularbeiten. Ich machte ein paar Schularbeiten, dann schlug ich eine halbe Stunde mein Handgelenk auf die Kante, dann beendete ich meine Schularbeiten, dann wieder in den Sessel und noch ein bißchen schlagen, bevor ich mir die Zähne putzte und ins Bett ging. Ich schlug auf die Innenseite, wo die Venen zusammenlaufen. Es schwoll an und wurde etwas blau, aber wenn man bedenkt, wie stark und wieviel ich schlug, war der sichtbare Schaden gering. Das war in meinen Augen noch ein zusätzlicher Pluspunkt. Vorher hatte ich eine Phase gehabt, in der ich mir das Gesicht zerkratzt hatte. Wenn meine Fingernägel nicht ziemlich kurz gewesen wären, hätte ich mir das nicht erlauben können. So sah ich am nächsten Tag reichlich verschwollen und sonderbar aus. Ich zerkratzte mir die Backen und rieb sie dann mit Seife ein. Vielleicht sorgte die Seife dafür, daß ich nicht noch schlimmer aussah. Aber immerhin sah ich so schlimm aus, daß ich gefragt wurde: »Ist irgendwas mit deinem Gesicht?« Deshalb ging ich dazu über, mir das Handgelenk aufzuschlagen.

Ich war wie eine Einsiedlerin in einem härenen Hemd. Zum Teil ging es darum, daß niemand von meinem Leiden wußte. Wenn jemand davon erfahren und mich bewundert – oder verabscheut – hätte, wäre etwas Wichtiges verlorengegangen.

Ich versuchte, mir selbst meine Situation zu erklären. Meine Situation war, daß ich Schmerzen hatte und daß niemand davon wußte; selbst mir machte es Mühe, davon zu wissen. Daher sagte ich mir immer wieder: Du hast Schmerzen. Es war die einzige Methode, mit der ich zu mir selbst durchdringen konnte (»gegen Gefühle der ›Empfindungslosigkeit‹... gerichtet«). Ich führte, nach außen hin und unwiderlegbar, eine innere Verfassung vor.

»Häufig haben die Betroffenen eine antisoziale und eine allgemein pessimistische Einstellung.« Was ist wohl mit »antisoziale Einstellung« gemeint? Was glauben Sie? Die Ellbogen auf dem Tisch aufstützen? Sich weigern, eine Arbeit als Zahntechnikerin anzunehmen? Die Hoffnung meiner Eltern, daß ich eine erstklassige Universität besuchen würde, enttäuschen?

»Antisoziale Einstellung« wird nicht definiert; ich kann es nicht definieren, daher finde ich, daß es aus der Liste gestrichen werden sollte. Die »allgemein pessimistische Einstellung« gebe ich zu. Freud hatte sie auch.

Ich kann ehrlich sagen, daß mein Elend in gewöhnliches Elend verwandelt wurde, daher habe ich, nach Freuds Definition, geistige Gesundheit erlangt. Und auf meinem Entlassungsblatt, Zeile 41, Ergebnis in bezug auf geistige Störung, steht »Genesen«.

Genesen. Hatte meine Persönlichkeit diese Grenzlinie überschritten, was immer und wo immer sie auch sein mochte, um das Leben nun innerhalb der Grenzen des Normalen weiterzuführen? Hatte ich aufgehört, mich mit meiner Persönlichkeit zu streiten, und gelernt, mit gespreizten Beinen über der Grenzlinie zwischen geistig gesund und geisteskrank zu stehen? Vielleicht hatte ich in Wirklichkeit eine Identitätsstörung gehabt. »Ein ähnliches klinisches Bild zeigt sich bei der *Identitätsstörung.* Eine Borderline-Persönlichkeitsstörung schließt jedoch die Diagnose einer Identitätsstörung aus, wenn ... die Störung hinreichend massiv und anhaltend ist und wenn sie mit hoher Wahrscheinlichkeit auf ein Entwicklungsstadium begrenzt ist.« Vielleicht war ich das Opfer eines unkorrekten Ausschließens?

Ich bin noch nicht fertig mit dieser Diagnose.

»Der Betroffene empfindet diese Instabilität des Selbstbildes häufig als ein chronisches Gefühl der Leere oder Langeweile.« Meine chronischen Gefühle von Leere und Langeweile rührten daher, daß ich ein Leben lebte, das auf meinen Unfähigkeiten aufgebaut war, die zahlreich waren. Die folgende Liste ist unvollständig. Ich konnte und wollte nicht: Ski fahren, Tennis spielen oder zum Turnen gehen; in irgendeinem Schulfach, abgesehen von Englisch und Biologie, aufpassen; Aufsätze zu vorgegebenen Themen schreiben (in Englisch schrieb ich Gedichte statt Aufsätze; ich kriegte ungenügend); planen, aufs College zu gehen oder mich dafür zu bewerben; irgendeine vernünftige Erklärung für diese Weigerungen abgeben.

Mein Selbstbild war nicht instabil. Ich sah mich, durchaus richtig, als untauglich für das Bildungssystem und das gesellschaftliche System.

Aber meine Eltern und Lehrer teilten mein Selbstbild nicht. Ihr Bild von mir war instabil, weil es sich nicht mit der Realität deckte und auf ihren Bedürfnissen und Wünschen beruhte. Sie legten nicht viel Wert auf meine Fähigkeiten, die zugegebenermaßen nicht zahlreich, aber echt waren. Ich las alles, ich schrieb ununterbrochen, und ich hatte massenweise Beziehungen. »Warum liest du nicht das, was ihr aufhabt?« fragten sie. »Warum schreibst du nicht deine Aufsätze statt was immer du da gerade schreibst – was ist das, eine Kurzgeschichte?«; »Warum steckst du nicht die gleiche Energie, die du für deine Freunde aufbringst, auch in deine Schularbeiten?«

Im letzten Schuljahr gab ich mir nicht einmal mehr die Mühe, mich herauszureden, und schon gar nicht, etwas zu erklären. »Wo ist Ihre Trimesterarbeit?« fragte mein Geschichtslehrer.

»Ich habe sie nicht geschrieben. Ich habe zu dem Thema nichts zu sagen.«

»Dann hätten Sie sich ein anderes Thema aussuchen können.«

»Ich habe zu keinem historischen Thema was zu sagen.«

Einer meiner Lehrer sagte zu mir, ich sei eine Nihilistin. Er meinte es als Beleidigung, aber ich faßte es als Kompliment auf.

Männer und Literatur: Wie kann man mit den beiden ein Leben gestalten? Wie sich zeigt, habe ich das getan; in letzter Zeit mehr Literatur als Männer, aber man kann wohl nicht alles haben (»eine allgemein pessimistische Einstellung«).

Damals wußte ich nicht, daß ich – oder überhaupt jemand – ein Leben auf Männern und Literatur aufbauen konnte. Soweit ich sehen konnte, erforderte das Leben Fähigkeiten, die ich nicht hatte. Das Resultat waren chronische Leere und Langeweile. Und es gab auch noch fatalere Resultate: Selbsthaß, der damit abwechselte, daß ich »übermäßig zornig [war oder meinen] Zorn nicht kontrollieren« konnte.

Was wäre ein mäßiger Ausdruck für meinen Zorn darüber gewesen, daß ich mich vom Leben ausgeschlossen fühlte? Meine Klassenkameraden malten sich ihre Zukunft aus: Rechtsanwalt, Ethnobotanikerin, buddhistischer Mönch (es war eine sehr progressive High-School). Selbst die doofen, uninteressanten, die da waren, um für das »Gleichgewicht« zu sorgen, freuten sich auf ihre Ehen und ihre Kinder. Ich wußte, daß ich nichts davon haben würde, weil ich wußte, daß ich es nicht wollte. Aber hieß das, daß ich gar nichts haben würde?

Ich war die erste Absolventin in der Geschichte der Schule, die nicht aufs College ging. Natürlich beendete mindestens ein Drittel meiner Klasse das College nicht. 1968 brach jeden Tag jemand sein Studium ab. Wenn ich heute erzähle, daß ich nicht aufs College gegangen bin, sagen die Leute oft: »Oh, das ist ja toll!« Damals hätten sie es nicht so toll gefunden. Und sie fanden es wirklich nicht toll; meine Klassenkameraden gehörten zu genau den Leuten, die mir jetzt sagen, wie toll ich bin. 1966 war ich ein Paria.

Was ich vorhätte, fragten einige meiner Klassenkameraden.

»Ich gehe zum Women's Army Corps«, erklärte ich einem.

»Ach ja? Das ist ein interessanter Beruf.«

»War nur Quatsch«, sagte ich.

»Ach, äh, du meinst, du machst das gar nicht?«

Ich war sprachlos. Für wen hielten sie mich?

Ich bin sicher, daß sie nicht viel über mich nachdachten. Ich war die, die Schwarz trug und – wirklich, ich habe es von mehreren gehört – mit dem Englischlehrer schlief. Sie waren alle siebzehn und unglücklich, genau wie ich. Sie hatten keine Zeit, sich zu fragen, warum ich etwas unglücklicher war als die meisten anderen. Leere und Langeweile: welches Understatement. Was ich empfand, war absolute Trostlosigkeit. Trostlosigkeit, Verzweiflung und Depression.

Kann man das nicht auch anders sehen? Schließlich sind Beklemmungen von diesen Ausmaßen Luxus. Man muß gut ernährt, gekleidet und mit Wohnraum versorgt sein, um Zeit für soviel Selbstmitleid zu haben. Und die Geschichte mit dem College: Meine Eltern wollten, daß ich ging, ich wollte nicht gehen, und ich ging nicht. Ich kriegte, was ich wollte. Wer nicht zum College geht, muß sich Arbeit besorgen. Ich war damit einverstanden. Ich bekam sogar eine Stelle – den Job, bei dem ich Auflaufformen kaputtmachte.

Aber die Tatsache, daß ich meine Stelle nicht halten konnte, war beunruhigend. Ich war wahrscheinlich verrückt. Ich hatte den Gedanken der Verrücktheit bereits ein paar Jahre lang umkreist; jetzt ging ich auf ihn zu.

Reiß dich zusammen! sagte ich mir. Hör auf, dich gehenzulassen. Dir fehlt nichts. Du bist bloß launisch. Eine der großen Annehmlichkeiten der geistigen Gesundheit (was immer das ist) ist, daß ich so viel weniger Zeit damit verbringen muß, über mich nachzudenken.

Ich habe noch ein paar weitere Anmerkungen zu meiner Diagnose.

»Die Störung wird bei Frauen häufiger diagnostiziert.« Achten Sie auf die Formulierung. Sie haben nicht geschrieben: »Die Störung tritt bei Frauen häufiger auf.« Das wäre immer noch verdächtig, aber sie haben nicht einmal versucht, ihre Spuren zu verwischen.

Der Klinikbelegung nach zu urteilen, wurden viele Störungen bei Frauen häufiger diagnostiziert, zum Beispiel auch »Zwanghafte Promiskuität«.

Was glauben Sie, wie viele Mädchen ein siebzehnjähriger Junge bumsen muß, um sich das Etikett »zwanghaft promiskuitiv« einzuhandeln? Drei? Nein, das reicht nicht. Sechs? Unwahrscheinlich. Zehn? Das klingt wahrscheinlicher. Wahrscheinlich irgendwo zwischen fünfzehn und zwanzig, würde ich schätzen – wenn sie dieses Etikett jemals für Jungen verwenden, woran ich mich nicht erinnere.

Und wie viele Jungen braucht ein siebzehnjähriges Mädchen dazu?

Aus der Liste der sechs »potentiell selbstschädigenden« Aktivitäten, zu denen von der Borderline-Persönlichkeitsstörung Betroffene neigen, werden drei normalerweise mit Frauen assoziiert (verschwenderisches Einkaufen, Ladendiebstahl und Freßanfälle) und eine mit Männern (rücksichtsloses Fahren). Eine ist nicht »geschlechtsspezifisch«, wie man heutzutage sagt (Mißbrauch psychotroper Substanzen). Und die Definition der letzten (wahlloser Geschlechtsverkehr) ist Ansichtssache.

Dann ist da die Frage des »vorzeitigen Todes« durch

Selbstmord.* Glücklicherweise habe ich den umgangen, aber ich habe viel über Selbstmord nachgedacht. Ich habe darüber nachgedacht und meinen vorzeitigen Tod betrauert, und anschließend ging es mir besser. Der Gedanke an Selbstmord wirkte bei mir wie eine Reinigung oder ein Abführmittel. Bei manchen ist das anders – bei Daisy zum Beispiel. Aber war ihr Tod wirklich »vorzeitig«? Hätte sie weitere fünfzig Jahre mit ihrem Huhn und ihrer Wut in ihrer Wohnküche sitzen sollen? Ich setze voraus, daß sie sich nicht geändert hätte, und ich irre mich vielleicht. Sie selbst ist sicherlich von dieser Voraussetzung ausgegangen, und sie hat sich vielleicht auch geirrt. Und wenn sie nun dreißig Jahre lang dort gesessen hätte und sich mit neunundvierzig statt mit neunzehn umgebracht hätte, wäre ihr Tod dann immer noch vorzeitig gewesen?

Ich wurde gesund und Daisy nicht, und ich kann nicht erklären, warum. Vielleicht habe ich nur mit dem Wahnsinn geflirtet, so wie ich mit meinen Lehrern und Klassenkameraden geflirtet habe. Ich war nicht davon überzeugt, daß ich verrückt war, wenn ich es auch befürchtete. Manche sagen, eine bewußte Meinung zu der Sache zu haben sei ein Zeichen von geistiger Gesundheit, aber ich bin mir da nicht sicher. Ich denke

* Anm. d. Übers.: Die Autorin bezieht sich auf die amerikanische Fassung des DSM, in der es, wörtlich übersetzt, heißt: »Vorzeitiger Tod kann aus Selbstmord resultieren.« Die deutsche Bearbeitung weicht davon ab.

immer noch darüber nach. Ich werde immer darüber nachdenken müssen.

Ich frage mich oft, ob ich verrückt bin. Ich frage auch andere Leute.

»Ist es verrückt, so was zu sagen?« frage ich zum Beispiel, bevor ich etwas sage, das wahrscheinlich nicht verrückt ist.

Ich fange viele Sätze an mit: »Vielleicht spinne ich total« oder: »Vielleicht bin ich nicht ganz dicht«.

Wenn ich etwas Unübliches tue – zum Beispiel an einem Tag zweimal ein Bad nehme –, frage ich mich: Bist du verrückt?

Es ist ein durchaus geläufiger Satz, ich weiß. Aber für mich bedeutet er etwas Bestimmtes: Die unterirdischen Gänge, die Sicherheitsfenster, die Plastikgabeln, die schimmernde, sich ständig verschiebende Grenzlinie, die wie alle Grenzen winkt und zum Überschreiten auffordert. Ich will sie nicht noch einmal überqueren.

## FARTHER ON, DOWN THE ROAD YOU WILL ACCOMPANY ME

Die meisten von uns kamen schließlich raus. Georgina und ich blieben in Kontakt.

Eine Zeitlang lebte sie in einer Frauenkommune im Norden von Cambridge. Eines Tages kam sie zu mir nach Hause und erschreckte meine Wohnungsnachbarin, die gerade Brot backte.

»Sie machen das verkehrt!« sagte Georgina. Sie und ich tranken bei meiner Nachbarin eine Tasse Tee, während diese den Teig knetete.

»Ich zeige Ihnen das mal«, sagte Georgina. Sie schob meine Nachbarin beiseite und begann, den Teig auf der Arbeitsplatte herumzuwerfen.

Meine Nachbarin war eine sanfte Frau, die nie etwas Würdeloses oder Unhöfliches tat. Folglich waren die meisten Menschen auch zu ihr höflich.

»Sie müssen ihn richtig kräftig schlagen«, sagte Georgina, indem sie das tat.

»Oh«, sagte meine Nachbarin. Sie war etwa zehn Jahre älter als Georgina und ich, und sie hatte all die Jahre Brot gebacken.

Nachdem Georgina das Brot ordentlich verprügelt hatte, sagte sie, sie müsse gehen.

»So hat mich noch nie jemand behandelt«, sagte meine Nachbarin. Sie wirkte eher erstaunt als ärgerlich.

Dann schloß Georgina sich einer bewußtseinserweiternden Gruppe an. Sie lag mir in den Ohren, ich solle doch auch mitkommen. »Das gefällt dir bestimmt«, sagte sie.

Die Frauen gaben mir ein Gefühl der Unzulänglichkeit. Sie konnten Automotoren auseinandernehmen und Berge besteigen. Ich war als einzige verheiratet. Ich konnte sehen, daß Georgina aufgrund ihrer Verrücktheit ein bestimmtes Ansehen genoß; ich hatte dieses Ansehen irgendwie nicht. Aber ich ging oft genug hin, um meiner Ehe und besonders meinem Mann gegenüber mißtrauisch zu werden. Ich fing dumme Streitereien mit ihm an. Es war schwer, etwas zu finden, worüber sich streiten ließ. Er kümmerte sich um das Kochen und das Einkaufen und putzte außerdem ziemlich viel. Ich verbrachte meine Zeit hauptsächlich mit Lesen und Aquarellieren.

Glücklicherweise legte Georgina sich auch einen Mann zu und stieg aus der Gruppe aus, bevor ich einen wirklich destruktiven Streit anzetteln konnte.

Dann mußten wir sie auf ihrer Farm im Westen von Massachusetts besuchen.

Georginas Mann war blaß, schmächtig und unscheinbar. Aber sie hatte sich auch eine Ziege angeschafft. Georgina, der Mann und die Ziege lebten in einer Scheune auf ein paar Morgen Buschland am Fuße eines kleinen Berges. Der Tag, an dem wir sie besuchten, war kalt, obwohl es Mai war, und sie waren damit beschäftigt, ihre Fenster zu verglasen. Ihre Fensterrahmen waren einsachtzig mal einsachtzig, das war also keine leichte Aufgabe.

Wir guckten zu, wie sie kitteten und einpaßten. Die Ziege stand in ihrem Zimmer neben der Tür und guckte auch zu. Schließlich sagte Georgina, es sei Zeit zum Mittagessen. Sie kochte einen Dampfdrucktopf voll Süßkartoffeln. Das war das Mittagessen. Als Soße gab es ein bißchen Ahornsirup. Die Ziege fraß Bananen.

Nach dem Mittagessen sagte Georgina: »Wollt ihr sehen, wie die Ziege tanzt?«

Die Ziege hieß Darling. Sie war ingwerfarben und hatte lange, behaarte Ohren.

Georgina hielt eine Süßkartoffel hoch. »Tanz, Darling«, sagte sie.

Die Ziege stellte sich auf die Hinterbeine und jagte der Süßkartoffel nach, die Georgina immer wieder wegzog. Die langen Ohren wehten beim Hüpfen, und sie schlug mit den Vorderbeinen in die Luft. Ihre Hufe waren schwarz und scharf; sie sahen aus, als könnten sie viel Schaden anrichten. Und tatsächlich, als sie das Gleichgewicht verlor, was ein paarmal geschah, und ihr Huf am Rand der Anrichte entlangkratzte, riß er eine Kerbe in das Holz.

»Gib sie ihr«, sagte ich. Etwas an der tanzenden Ziege trieb mir die Tränen in die Augen.

Sie zogen in den Westen, nach Colorado, wo der Boden besser war. Georgina rief ein paarmal von einer Telefonzelle aus an. Sie hatten kein eigenes Telefon. Was aus der Ziege wurde, weiß ich nicht.

Ein paar Jahre, nachdem Georgina in den Westen gegangen war, traf ich auf dem Harvard Square Lisa. Sie hatte einen toastfarbenen kleinen Jungen bei sich, ungefähr drei Jahre alt.

Ich umarmte sie. »Lisa«, sagte ich, »ich freue mich so, dich zu sehen.«

»Das ist mein Sohn«, sagte sie. »Ist das nicht verrückt, daß ich ein Kind habe?« Sie lachte. »Aaron, sag guten Tag.« Aber er versteckte sein Gesicht hinter ihrem Bein.

Sie sah noch ganz genauso aus: mager, gelb, fröhlich. »Was hast du so gemacht?« fragte ich.

»Das Kind«, sagte sie. »Zu mehr kommst du nicht.«

»Was ist mit dem Vater?«

»Den kann man vergessen. Ich bin ihn los.« Sie legte dem Jungen die Hand auf den Kopf. »Wir brauchen ihn nicht, oder?«

»Wo wohnst du?« Ich wollte alles über sie wissen.

»Du wirst es nicht glauben.« Lisa zog eine Kool heraus und zündete sie an. »Ich wohne in Brookline. Ich bin ein Vorstadt-Hausmütterchen in Brookline. Ich habe das Kind, ich bringe das Kind in den Kindergarten, ich habe eine Wohnung, ich habe Möbel. Freitags gehen wir in die Synagoge.«

»In die Synagoge?« Das erstaunte mich. »Warum?«

»Ich möchte…« Lisa stockte. Ich hatte sie noch nie um Worte verlegen gesehen. »Ich möchte, daß wir eine richtige Familie sind, mit Möbeln und so. Ich möchte, daß er ein richtiges Leben hat. Und die Synagoge hilft dabei. Ich weiß nicht, warum, aber sie hilft.« Ich starrte Lisa an und versuchte, mir sie und ihren dunkelhäutigen Sohn in der Synagoge vorzustellen. Mir fiel auf, daß sie Schmuck trug – einen Ring mit zwei Saphiren und eine goldene Halskette.

»Und der Schmuck?« fragte ich.

»Geschenke von Oma, stimmt's?« Sie wandte sich an das Kind. »Alles verändert sich, wenn man Kinder hat«, sagte sie zu mir.

Ich wußte nicht, was ich darauf sagen sollte. Ich hatte mich entschieden, keine zu bekommen. Und es sah auch nicht so aus, als ob meine Ehe halten würde.

Wir standen mitten auf dem Harvard Square vor dem Eingang zur U-Bahn. Plötzlich beugte Lisa sich dicht zu mir und sagte: »Willst du mal was Irres sehen?« In ihrer Stimme lag das alte, mutwillige Beben. Ich nickte. Sie zog ihr Hemd hoch, ein T-Shirt mit Reklame für einen Bäckerladen in Brookline, und griff sich in den Bauch. Dann zog sie. Ihre Haut war wie ein

Akkordeon; sie dehnte sich aus, immer weiter, bis sie die Hautfalte drei Handbreit von ihrem Körper weghielt. Sie ließ los, und die Haut zog sich wieder zusammen, war zuerst etwas runzlig, legte sich aber dann wieder auf ihre Knochen und sah völlig normal aus.

»Wow!« sagte ich.

»Kinder«, sagte Lisa. »Das kommt davon.« Sie lachte. »Sag auf Wiedersehen, Aaron.«

»Wiedersehen«, sagte er zu meiner Überraschung.

Sie wollten mit der U-Bahn nach Brookline zurückfahren. An der Treppe wandte Lisa sich noch einmal nach mir um.

»Denkst du manchmal an die Zeit da drin, an dem Ort da?« fragte sie.

»Ja«, antwortete ich. »Allerdings.«

»Ich auch.« Sie schüttelte den Kopf. »Na gut«, sagte sie ziemlich unbekümmert. Dann gingen die beiden die Treppe hinab, unter die Erde.

38 *Spezielle diagnostische und therapeutische Verfahren bei diesem Aufenthalt:*
*Einzeltherapie 5x pro Woche*
*Gruppentherapie 1x pro Woche*
*Medikament: Chlorpromazine*

40 *Diagnose bei Entlassung, mentale Störung:*
*Borderline-Persönlichkeitsstörung*

41 *Ergebnis in bezug auf die mentale Störung:*
*Genesen*

KAYSEN, Susanna # 22 201

**36. ADDITIONAL DIAGNOSES, OTHER CONDITIONS, THIS INSTITUTION**

| A. DIAGNOSIS | B. DATE | A. DIAGNOSIS | B. DATE |
|---|---|---|---|
| | | | |

**37. OPERATION PERFORMED AT THIS INSTITUTION DURING THIS ADMISSION**

| A. OPERATION | B DATE | A. OPERATION | B. DATE |
|---|---|---|---|
| | | | |

**38. SPECIAL DIAGNOSTIC AND THERAPEUTIC PROCEDURES, THIS ADMISSION**

| A. PROCEDURE | B. DATE | A. OPERATION | B. DATE |
|---|---|---|---|
| IPS 5x/wk<br>GPS 1x/wk<br>Drug:Chlorpromazine | | | |

**39. RESERVED**

| 40. DIAGNOSIS AT DISCHARGE, MENTAL DISORDER | 41. OUTCOME WITH REGARD TO MENTAL DISORDER |
|---|---|
| Borderline Personality | Recovered |

**42. DURING THIS ADMISSION, NUMBER OF**

| A. VISITS | B. PERIODS OF FAMILY CARE | C. PAROLES | D. ABSENCES WITHOUT AUTHORITY | E. ESCAPES |
|---|---|---|---|---|
| 1 | 0 | 0 | 0 | 0 |

**43. DURING THIS ADMISSION, NUMBER OF DAYS SPENT**

| A. ON BOOKS | B. IN RESIDENCE | C. ON AUTHORIZED LEAVE | D. ON ELOPEMENT |
|---|---|---|---|
| 617 | 496 | 121 | 0 |

| 44. LEGAL STATUS AT DISCHARGE | 45. SURVIVAL AT DISCHARGE | 46A. LAST BOOK CLASSIFICATION | B. DATE BEGAN |
|---|---|---|---|
| Voluntary | Living | On Visit | September 4, 1968 |

| 47. DESTINATION | 48. DATE DISCHARGED |
|---|---|
| Apartment | January 3, 1969 |

**49. FOR DEATHS, COPY FROM DEATH CERTIFICATE**

| A. DIRECT CAUSE OF DEATH | B. ASSOCIATED SIGNIFICANT CONDITIONS |
|---|---|
| DUE IN TURN TO ANTECEDENT CAUSES<br>(1)<br>(2) | |

| 50. MEDICAL EXAMINER'S CASE | 51. AUTOPSY | 52. PLACE OF BURIAL |
|---|---|---|
| YES ☐ NO ☐ | YES ☐ NO ☐ | |

# DIE UNTERBRECHUNG

Der Vermeer im Frick ist einer von dreien, aber die beiden anderen waren mir nicht aufgefallen, als ich zum erstenmal dort war. Ich war siebzehn und mit meinem Englischlehrer in New York, der mich noch nicht geküßt hatte. An diesen zukünftigen Kuß, von dem ich wußte, daß er kommen würde, dachte ich, als ich die Fragonards hinter mir ließ und in den Gang trat, der zum Hof führte – in jenen düsteren Korridor, in dem die Vermeers gegen die Wand leuchteten.

Außer an den Kuß dachte ich daran, ob ich wohl meinen High-School-Abschluß bekommen konnte, wenn ich das zweite Jahr hintereinander in Biologie durchfiel. Ich war überrascht, daß ich durchfallen würde, denn ich hatte Biologie ausgesprochen gern; als ich zum erstenmal durchgefallen war, hatte ich das Fach auch schon gern gemocht.

Am liebsten hatte ich Vererbungstafeln. Es machte mir Spaß, die Aufeinanderfolge von blauen Augen in Familien herauszuarbeiten, die außer blauen Augen und braunen Augen keine Merkmale hatten. Meine Familie hatte viele Merkmale – Leistungen, Ambitionen, Begabungen, Erwartungen –, die bei mir alle rezessiv zu sein schienen.

Ich ging an der Dame im gelben Gewand und der Magd, die ihr einen Brief brachte, vorbei, vorbei an dem Soldaten mit dem prächtigen Hut und dem Mädchen, das ihn anlächelte, und dachte dabei an warme Lippen, braune Augen, blaue Augen. Ihre braunen Augen ließen mich stehenbleiben.

Es ist das Gemälde, aus dessen Rahmen ein Mädchen herausblickt, ohne auf den massigen Musiklehrer zu achten, dessen Hand besitzergreifend auf ihrem Stuhl ruht. Das Licht ist gedämpft, Winterlicht, aber ihr Gesicht ist hell.

Ich sah in ihre braunen Augen und schrak zurück. Sie warnte mich vor etwas – sie hatte von ihrer Arbeit aufgeblickt, um mich zu warnen. Ihr Mund war leicht geöffnet, als hätte sie gerade eben eingeatmet, um mir zu sagen: »Tu's nicht!«

Ich wich zurück, versuchte, mich ihrer Eindringlichkeit zu entziehen. Aber ihre Eindringlichkeit erfüllte den Korridor. »Warte«, sagte sie, »warte! Geh nicht!« Ich hörte nicht auf sie. Ich ging mit meinem Englischlehrer essen, und er küßte mich, und ich ging nach Cambridge zurück und schaffte Biologie nicht, machte allerdings meinen Abschluß, und schließlich ging ich in die Klinik.

Sechzehn Jahre später war ich mit meinem neuen,

reichen Freund in New York. Wir reisten viel, und er bezahlte, obwohl ihm beim Geldausgeben unwohl war. Auf unseren Reisen attackierte er häufig meinen Charakter – eben den Charakter, der einst als gestört diagnostiziert worden war. Manchmal war ich zu emotional, dann wieder zu kalt und zu kritisch. Was immer er auch sagte, ich tröstete ihn, indem ich ihm erklärte, es sei in Ordnung, Geld auszugeben. Dann hörte er auf, mich zu attackieren, und das hieß, daß wir zusammenbleiben und den Kreislauf von Ausgeben und Attackieren auf einer zukünftigen Reise erneut beginnen konnten.

Es war ein herrlicher Oktobertag in New York. Er hatte attackiert, und ich hatte getröstet, und jetzt wollten wir etwas unternehmen.

»Laß uns ins Frick gehen«, sagte er.

»Da bin ich noch nie gewesen«, sagte ich. Dann dachte ich: Vielleicht doch. Ich sagte nichts; ich hatte gelernt, nicht über meine Zweifel zu sprechen.

Als wir dort ankamen, erkannte ich es wieder. »Oh«, sagte ich. »Hier gibt es ein Bild, das ich sehr mag.«

»Nur eins?« sagte er. »Sieh dir diese Fragonards an.«

Sie gefielen mir nicht. Ich ließ sie hinter mir und ging in den Flur, der zum Hof führt.

Sie hatte sich in den sechzehn Jahren sehr verändert. Sie war nicht mehr eindringlich. Nein, sie war traurig. Sie war jung und zerstreut, und ihr Lehrer stürzte sich auf sie und versuchte, sie zum Aufpassen zu bewegen.

Aber sie blickte heraus, suchte nach jemandem, der sie sehen würde.

Diesmal las ich den Titel des Gemäldes: *Die unterbrochene Musikstunde.*

Die unterbrochene Musikstunde: So wie mein Leben unterbrochen worden war, unterbrochen in der Melodie, siebzehn Jahre alt zu sein, wie ihr Leben unterbrochen worden war, gepackt und auf der Leinwand festgehalten: Ein Augenblick, der angehalten worden war und für alle anderen Augenblicke stehen sollte, wie sie auch sein würden oder gewesen sein mochten. Welches Leben kann davon genesen?

Jetzt hatte ich ihr etwas zu sagen. »Ich sehe dich«, sagte ich.

Mein Freund fand mich weinend im Korridor.

»Was hast du?« fragte er.

»Siehst du nicht, sie versucht, da herauszukommen«, sagte ich und zeigte auf sie.

Er sah das Gemälde an, er sah mich an, und er sagte: »Du denkst immer nur über dich selbst nach. Du verstehst überhaupt nichts von Kunst.« Er ging weg, um sich einen Rembrandt anzusehen.

Seitdem bin ich wieder ins Frick gegangen, um sie und die anderen beiden Vermeers anzusehen. Vermeers sind schließlich schwer aufzutreiben, und der eine in Boston ist gestohlen worden.

Die beiden anderen sind in sich abgeschlossene Bilder. Die Menschen darin sehen sich gegenseitig an –

die Dame und ihre Magd, der Soldat und sein Schatz. Sie zu betrachten heißt, sie heimlich durch ein Loch in der Wand zu beobachten. Und die Wand besteht aus Licht – jenem völlig glaubhaften und doch unwirklichen Licht Vermeers.

Solches Licht gibt es nicht, aber wir wünschen uns, daß es das gäbe. Wir wünschen uns, daß die Sonne uns jung und schön machen könnte, wir wünschen uns, daß unsere Kleider glänzen und weich über unsere Haut fallen könnten, am meisten aber wünschen wir uns, daß alle, die wir kennen, hell werden könnten, einfach dadurch, daß wir sie ansehen, so wie die Magd mit dem Brief und der Soldat mit dem Hut.

Das Mädchen in der Musikstunde sitzt in einem anderen Licht, dem unbeständigen, trüben Licht des Lebens, in dem wir uns selbst und andere nur unvollkommen sehen, unvollkommen und selten.

DANKSAGUNG

Mein Dank gilt Jill Ker Conway, Maxine Kumin und Susan Ware für ihre Ermutigung in der Frühphase; Gerald Berlin für seine juristische Hilfe; und Julie Grau für ihre Begeisterung und ihre Fürsorge für Buch und Autorin.

Sehr dankbar bin ich Robin Becker, Robin Desser, Michael Downing, Lyda Kuth und Jonathan Matson für ihre Einfälle, ihren Humor und ihre echte Freundschaft.

ABDRUCKNACHWEISE

Einige Passagen dieses Buches sind in leicht veränderter Fassung in *Agni, The Boston Review* und *Ploughshares* erschienen.

Die Autorin dankt der Artists Foundation of Massachusetts und der Corporation of Yaddo für ihre Großzügigkeit.

Der Abschnitt über Borderline-Persönlichkeitsstörungen (S. 192ff.) ist zitiert aus: *Diagnostisches und Statistisches Manual Psychischer Störungen. DSM-III-R,* Weinheim und Basel 1989.